怪しい現場

潜入したらこうなった

仙頭正教
『裏モノJAPAN』編集部

鉄人文庫

はじめに

人はなぜ、〝怪しい現場〟に惹かれるのか？

夜な夜な街娼が立つ裏路地、心霊スポット、業種が明記されていない求人広告、客の出入りを一度も見たことがないラーメン屋などもしかりだろう。「君子危うきに近寄らず」という格言があるんだから、近寄らないほうがいいに決まっているのに、どうして興味を持ってしまうのか？

理由は単純である。我々が君子ではないからである。もしかしたら美人の立ちんぼがいるかも？　幽霊を見れるかも？　どんなマズいラーメンを出してくれるのかしら？　とスリルを楽しもうとする俗人だからに他ならない。

ただ、カレーに甘口が好きな人と辛口が好きな人がいるように、そのスリルにも人によって好みが違うものだ。

たとえば、怪しい風俗店の前、入ろうか止めとこうか逡巡を繰り返し、スマホでネットの口コミを調べてみると、「超地雷店」と書かれていたとする。

甘口好きは冷や汗をかき、回れ右して帰る。が、辛口好きはこう思うだろう。どんだけの地雷っぷりなのかしら、いよいよ興味が湧いてきますなぁ、入ってみるしかないんじゃねと。

オレは完全に後者だ。なんなら口コミで叩かれている一番の地雷嬢をあえて指名するような、超辛口好きである。読者のみなさん、期待値テンアゲで読んでもらえればと。

２０１８年８月　仙頭正教

※本書は、月刊『裏モノJAPAN』編集部・仙頭正教が2009年5月号〜2018年6月号にかけて執筆したルポをまとめたものです。※本書の情報は初出当時のものです。

目次

怪しい現場 潜入したらこうなった

第3章 怪しいあの謎、これでスッキリ

第4章 そのエロい噂は本当か？

第1章 潜入せよ!

宝石キャッチ嬢 VS. 仙頭正教［編集部］ 7時間の攻防

女慣れしてないアキバ男を狙ってるのか

月刊『裏モノJAPAN』2011年8月号掲載

東京・秋葉原の駅前に美人の路上キャッチが出没している。通行人の男に声をかけてはなにやら売りつけようとしているらしい。ヤツらの手口、じっくり拝見してやろうじゃないか

決戦前夜秋葉原にて

4月下旬、平日の午後7時。秋葉原駅。仕事帰りの人通りで混雑する「電気街口」で黒いスーツの女が通行人の男に声をかけていた。20代前半くらいの美人である。

通行人のフリをして近付くと、女が口を開く。

「すみませーん。アンケートをお願いしてるんですけど」

彼女は首から提げた名札カードをかざして見せた。

「私、●●にあるジュエリーショップの相田（仮名）と言います」

宝石か。ふーん、男に宝石をどうやって売るつもりだ。

アンケート用紙には、質問が4つ並んでいた。最初の3つは腕時計に関するもので、いくつかのデザインから好みを選べとか、パートナーの女性とペアウォッチを付けたいか、などの問いだ。

そして4問目は、結婚に関する質問だった。

「お兄さんは結婚してるんですか？」

「まだだけど」

これが相当の美女でして

「じゃあ、いつごろ結婚したいですか？」

「まだわかんないな」

「でも、将来は結婚したいと思ってるでしょ？」

「ですね」

「そのときは、相手に指輪を渡さなくちゃいけないじゃない」

「…まあ」

「でしょでしょ。うちはジュエリーショップだから、そういうエンゲージリングのお話をさせてもらいたいな」

なるほどね。結婚指輪の準備をさせようってか。まだ彼女もいないだろうアキバの男どもにそれはどうなんでしょ。

アンケート用紙の最後には連絡先の記入欄があった。素直に記しておこう。アンケートを書き終えるのを確認し、彼女は「また連絡しますね」と足早に去って行った。

「センちゃんって呼んでいい？」

その日の夜、見知らぬ携帯番号からの着信があった。相田からだった。

「もしもし、今大丈夫ですか？」

時刻は夜10時半。常識のある人なら電話は控えるべき時間帯である。

「今日はありがとう。あれから真っ直ぐ家に帰ったんですか？」

彼女は親しげにしゃべり始めた。仕事は何？　休みはいつ？　好きな食べ物は？

たわいもない雑談をするうち、口調が次第に馴れ馴れしくなってきた。

「私、仙頭さんのことをセンちゃんって呼んでいいかな」

「ああ、いいけど」

「センちゃん、週末にでもまた会えないかな」

デートのお誘いか。結婚相手がいないなら私に買ってよ、と迫ってくるのだろうか。

「ねえねえ、お店に来ちゃいなよ」

お店かよ！　居酒屋あたりでしっぽり色恋営業をかけてくるんじゃないのか。

「私は、センちゃんがいつか結婚するときに必要な、エンゲージリングの話をしてあげたいの」

「……はあ」

「センちゃんは、まだ結婚が未定だから、エンゲージリングの話とかピンとこないんでしょ。だけど、それがどう大切なのかを話したいの」

「……はあ」

あえて何も反論せずに聞いているオレは、素直なカモとでも思われたようだ。

「いいモンはいいと薦めるよ。買う気まんまんで来なくてもいいけど、絶対に買わないぞ、という気持ちでは来ないでね」

バカ野郎、絶対に買わない気持ちで行ってやるよ！

テレビで高知城みたよ。すごくキレイだった

週末の夕方5時。

店は5階建ての綺麗なビルに入っていた。看板もちゃんと出ている。さて中で何が行われてるのやら。相田はビルの前に立っていた。

「センちゃん、こっちこっち」

エレベータで4階へ。フロアには、壁に沿ってテーブルが5〜6台並んでおり、それぞれ美人の女性スタッフが、おそらくオレと同じようなパターンでやってきたらしき男と向かい合って座っている。

オレは一番奥のテーブルに通された。

「今日は来てくれて本当にありがとう」

相田は向かいに座ると、一枚の紙切れを取り出した。

フロアには
カモの姿がちらほら

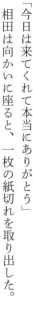

「まずはこれを書いてもらいます。あ、一番上の枠組みのとこは飛ばしといてね」

アンケートだった。「いつ結婚したいですか？」「血液型は？」「一ヶ月の出費の内訳」などが並んでいる。

オレが書き終えると、彼女はそのアンケート用紙をチェックすることなく、テーブルの横においた。

「センちゃんは、高知出身とか言ってたでしょ？」

「そうだけど」

「テレビで高知城を見たよ。すごくキレイだったよ。それからね…」

修学旅行の話、自分自身の出身地の話題、東京での暮らしなどなど、彼女の雑談はなんと1時間もつづいた。よくもまあそんなにネタがあるもんだ。

ようやく彼女が先ほどのアンケートを持ち出した。

「じゃあ、さっき飛ばした枠組みのとこ見て」

そこには『法令に基づき、適正に販売を行

センちゃん、こっちこっち
ビル前で出迎えてくれる。いざ決戦

ってお ります』と書かれている。

「これは、事前にウチの目的をちゃんと聞きましたよ、という確認なの」

「……はあ」

「私、電話でウチは宝石屋さんだから宝石を薦めるよ、と伝えたよね？　だからセンちゃんには、今日は了解して来てますよ、というサインをしてほしいの」

法律に問われないためなのだろう。ムダ話で好感度を上げてからサインさせるとは狡猾だ。はいはい、了解してますよ。どんどん薦めてちょうだいな。

私もお酒好き。どのへん行くの？

相田が引っ込み、サイン担当の先輩とやらがやってきた。これまた美人だ。

イスに座ると、彼女は小さなビニール袋を差し出してくる。

「はいプレゼント」

高知っていいとこだよねぇ
のっけから雑談が
1時間もつづいた

お香だった。雑貨屋で30円くらいで売ってるシロモノだ。

「今日の交通費にどーぞ」

「ど、どうも」

「お香でリラックスとかしないの？」

「しないけど」

「じゃあ、普段のリラックス方法は？」

「…飲みに行ったり」

「私もお酒好き。ちなみにどこらへん行くの？」

「新宿とか」

「新宿かあ。ちなみに新宿ならやっぱ東口？」

彼女はその後も、ちなみにちなみにと雑談を展開していった。なんとこれまた1時間もだ。

ようやく目的のサインに移ったかと思えば、これはほんの数十秒で終了。さっさと去っていく。

さすがにもう気付いた。こいつらわざと時間を引き延ばし、オレの思考能力を麻痺さ

せるつもりなのだ。相田も先輩も、ちょうど1時間で席を立ったのは、休憩のローテーションが決まってるんだろう。

ダイヤモンドじゃないといけないの

午後7時10分。相田が戻ってきた。

「じゃあ、そろそろ説明を始めていこうかな」

そろそろとはムカつく言い方である。2時間もダラダラしたくせに。

「うちの店は、担当さんとお客様の関係を大切にしてるの。センちゃんの場合、担当は私になるの」

彼女が紙に、男、女、宝石店などの絵を描いていく。

「男の子はセンちゃん。女の子は私ね」

「……」

「担当さんとお客様の関係は、商品を買ってもらったあとも、ずーと続くの」

「……」

「だから私は、ずーとセンちゃんの担当さんとして、いろんな相談に乗ったりするの」

再び、相田。
本題のダイヤの
話題がようやく
出てきた

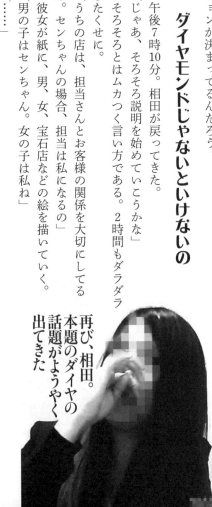

「……」

「商品のことだけじゃないよ。例えばセンちゃんが好きな人がいるなら、そんな相談にも乗るの」

なぜこんな小娘にオレが相談するのか。あんた、他人だし。

とは突っ込まずに、うんうんうなずいていると、いきなり話題は結婚指輪に飛んだ。

「エンゲージリングは、ダイヤモンドじゃないといけないの。何でかって言うと、プロポーズには堅い意志が必要だから」

「…固い石ってこと?」

「そうなの。センちゃん当たり」

なぞなぞかよ!

「正解したセンちゃんに、今日は特別にダイヤモンドを見せちゃいます。じゃあ、見せる担当さんがいるから呼んでくるね」

何気に時計を見る。また1時間が経っていた。ローテーションの時間か。

カズのプロポーズがすごく素敵なの

午後8時10分。商品担当の女がやってきた。これまた目を奪われるほどキレイだ。

「これがダイヤモンドでーす」

彼女はダイヤを並べると、ルーペを差し出してきた。

「綺麗でしょ」

ダイヤは、ハートと矢が交差するようなデザインのものだった。「ハートと矢だからバッキュン的な感じでしょ？」

指鉄砲でオレを撃つ。

「女の子はこういうロマンチックなのが好きなの？」

「そうだよ。あ、仙頭さんは、キングカズの話知ってる？」

「サッカーの三浦知良？」

「そう。カズが奥さんのりさ子さんにリングを渡した話がすごく素敵なの」

カズは十代でブラジルへサッカー留学する際、自分で自分のためにダイヤのネックレスを買った。その後、スター選手に登り詰めるまで、お守りとして身に付ける。そして結婚の際、そのダイヤを指輪にしてりさ子に渡す。

「カズは、プロポーズのときに言ったんだって。ぼくをずっと守ってくれたものが、今度はキミを守ってくれるよって」

何人で攻めてくるつもりだ
カズの話題を担当する美女

それがどうした。オレ、カズじゃないし。てか、これまで何度も何度も話しまくったのか、こなれた感がハンパないんですけど。

「うちの店は、みなさんにそんなプロポーズをしてほしいの。だから男性のお客さまに、ダイヤのネックレスをお薦めしてるの」

彼女なりにいい論法と思ってんだろうな。カズの逸話は、本当か嘘かしらないけど。

エンゲージリングだけはケチっちゃダメなの

午後9時。三度戻ってきた相田は、かわいらしく頬を膨らませていた。

「センちゃん、商品担当の娘すごく楽しそうに喋ってたね。ま、いいんだけど。私、ちょっと妬いちゃった」

来ました、軽めの色恋作戦。でもキャバ慣れしてるオレにそんなの通用しないし。

「次は、センちゃんの結婚について話をしたいと思います」

「はい」

「まず目をつぶって下さい」

意味がわからないが、素直に従う。と、彼女が朗読のように語り始めた。

「結婚生活の朝です。センちゃんがベッドで寝ていると、まな板のトントントンという音が聞こえてきました。みそ汁のいい匂いもします。お嫁さんが、朝ご飯を作っているのです」

何を語ってんじゃ？

「そして、奥さんのスリッパの音がパタパタパタと近付いてきました。センちゃん、起きて」

オレが目をあけると、彼女が優しく微笑んでいた。

「おはよっ」

揺さぶってくるね〜。

「じゃあ、そんな素晴らしい朝を迎えるための、結婚に必要なお金の話をするね。あくまで相場だけど、披露宴３００万、新婚旅行１００万、新居引っ越し代80万。こういう費用は、削ろうと思えば削れるの」

勝手に見積もりが始まった。頼んでもないのに。

「でも、エンゲージリングだけはケチっちゃダメなの。これは男の人の誠意の部分だから、ちゃんとした物を買わないと。センちゃんは１００万くらいの買ったほうがいいと

あれやこれやの論法で
ラストスパートを仕掛けてくる

思うよ」

なんて強引な論理だ。ケチっちゃダメって、君が作ったルールじゃん。

彼女は続ける。

「エンゲージリングは、結婚するときに絶対に必要なの。私がしたいお話は、それを今から準備しときましょうってことなの」

「でも、結婚相手も未定だし」

「カズの話を聞いたでしょ。ネックレスにして持っておいたらいいじゃない。絶対素敵だと思うよ」

彼女は電卓を叩き、100万円の5年60回ローンの計算を始めた。

「うちの店は、買う買わないを、今日ここで決めてもらわないといけないの」

こんなに長くいた人初めてだよ

午後10時。そろそろまた1時間だが、相田はそのままテーブルに残った。最後は自分できっちり仕留めようという腹なのだろう。

「今日決めてもらわないと、私はセンちゃんの担当じゃなくなるの」

「どういうこと？」

「お店のキマリで、もう連絡とか取れなくなるの。これでバイバイなんてイヤじゃん」

やはり色仕掛けで攻めてきた。せっかく仲良くなれたのになぁと、こちらを見つめる。

「うちは、お客様との関係を大切にするって言ったよね。だからセンちゃんが買ってくれたら、ずーと関係が続くんだよ」

「関係って？」

「私の先輩とかは、普通にメールでやりとりしてるし」

「デートとかは？」

「…うーん、お店でならできるよ。実際、ここでお客さんとお弁当食べたりしてるもん」

「……」

「ここをセンちゃんの第二の居場所にしてほしいな」

たまにここに来て、弁当食ってけってか。よう言うわ。

「わかった。センちゃんは、担当さんが私じゃイヤなんだ。そうだ。先輩がいいんでしょ」

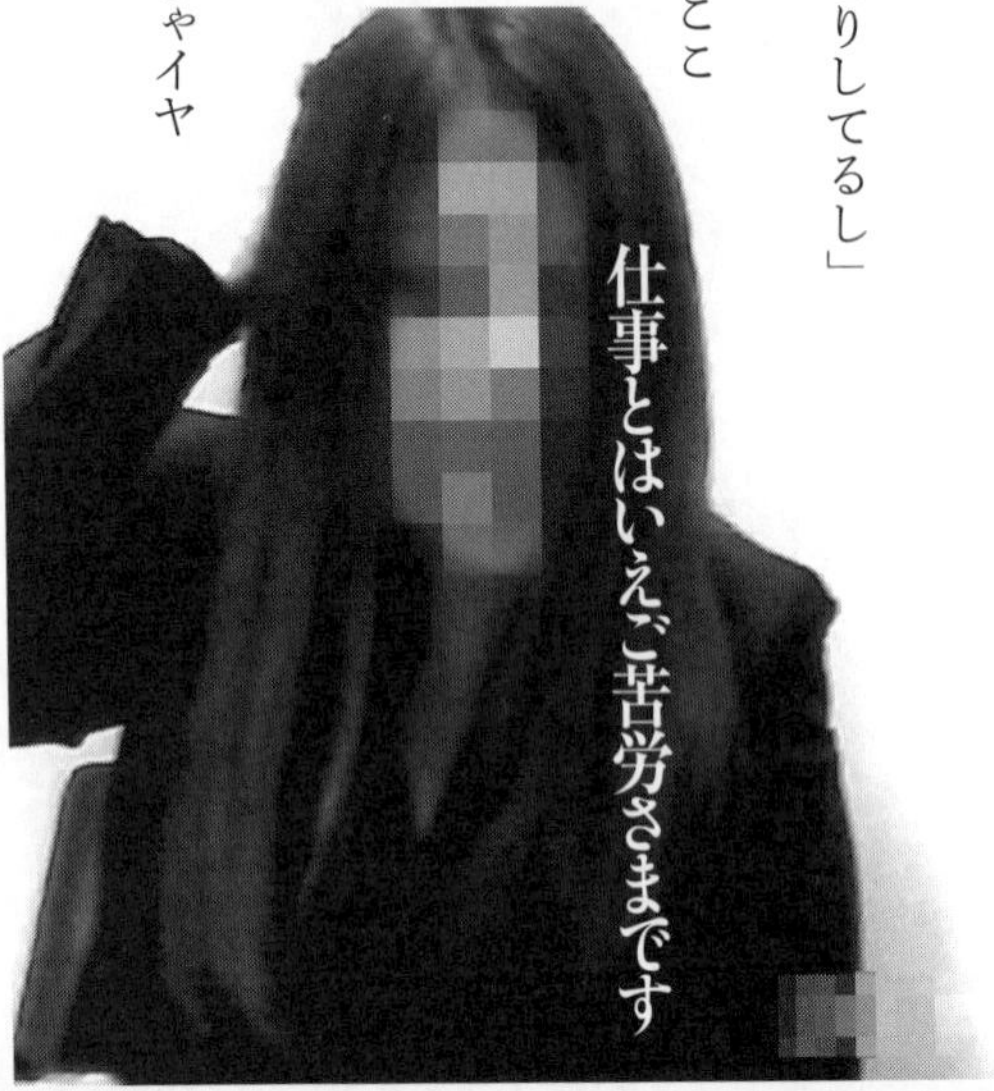

仕事とはいえご苦労さまです

嫉妬の演技が出た。ったく、あの手この手で揺さぶりをかけてくる女だ。

「高い買い物だから迷うのはわかるよ。でも将来絶対買うんだよ」

「まだ恋人もいないし」

「私が相談にのるよ。メールでもいいし、ここに来たらいつでも話せるじゃん」

「うーん、でもなあ」

話は平行線を辿った。だが、3人で継投してる敵より、1人で投げきってるオレのほうが疲れてるぶん、分が悪い。さっさとサインすりゃ楽になれるんだけど…。いや、ここは粘れ。敵だってそろそろ終電が気になるはずだ。

深夜0時、ついに相田が根を上げた。

「じゃあ。先輩に頼んで、明日まで待ってもらえるか聞いてくるね」

援軍の先輩はあきれはてたように言った。

「もうこんな時間じゃん。こんなに長くいた人初めてだよ。じゃあ特別に明日まで待ってあげる」

〰〰〰

合計7時間の攻防はこうして終わった。翌日からの電話攻撃を無視しまくっていることは言うまでもない。

ついつい入会しそうになるマルチの自称勝ち組パーティ

月刊『裏モノJAPAN』2011年8月号掲載

5月。1コ下の弟から相談電話がかかってきた。

「兄ちゃん、このまえ、大学時代の先輩から数年ぶりに電話があって、飲みにいったんだけどさ」

弟を飲みに誘い出した先輩は、その席で唐突に質問を始めたそうだ。もし10万あったらどうする? ふーん、じゃあ100万なら? 1千万なら?

あれをしますね、これをしますねと弟が妄想を語ったところで、先輩は言ったらしい。いまお前が語ったような夢が実現する話があるんだよ、と。

「鍋とか浄水機のいい商品を、人に勧める仕事なんだって。その商品は普通には売ってないから、みんな欲しがってるんだって」

アホか、この弟は。それマルチじゃん。いい歳して何に興味持ってんだよ。

「それ、ラウェイ(仮名)とかって言ってなかったか?」

「うん、それそれ」

「バカ。そんなもんに手出すなよ。借金抱えるぞ」

「だけど、その先輩が言うんだよ。実際に成功した人のパーティがあるから見に来たらいいって」

ふーん、成功した人ねぇ。そりゃまあ、一部にはいるのかもな。

で、そのパーティでわざとらしく金満ぶりを見せつけて勧誘しようって魂胆か。なんだか下劣そうで楽しそうじゃないの。

「わかった。兄ちゃんが代わりに見てきてやる。お前は行くな。誘惑に弱いからな」

会場ではララウェイの話はしないで

「兄が興味を持ってる」と弟から連絡を入れさせると、すんなり代打参加が認めてもらえた。成功者の集いは月に何度も行われているそうで、オレが潜入するのは6月上旬の会だ。

当日の夜9時半、まずはその先輩と某駅前の喫茶店で待ち合わせした。

「はじめまして。小田（仮名）です」

どこにでもいそうな青年だが、やけに明るい。週末にフットサルをやってそうな雰囲気というか。生活充実してますよ感、いわゆる〝リア充〟臭がプンプンだ。

小田は会社員で、ララウェイ歴は約2年という。

「会場は近くのマンションなんすけど、行く前にちょっと説明していいすか」

彼はララウェイの仕組みについて説明を始めた。ノートに「権利収入」や「マージン」といった単語を書き並べていく。

オレは適当にウンウン相づちを打つだけだった。

「お兄さん理解早いすね。そういう人が伸びるんですよ」

伸びねーよ。てか入んないし。

「あ、もうこんな時間か」

小田が大げさな素振りで腕時計を見た。あらあら、ロレックスじゃないの。ララウェイやればこんなの買えるってアピールか。

まずは喫茶店で説明を受け、ロレックスを見せつけられる

「今日は時間がないから説明はここまでね。日を改めて話をさせて下さいよ」

「…わかりました」

「じゃあ、会場行こうか」

立ち上がろうとした小田が、何かを思い出したように再びケツを下ろす。

「そうそう、一つ約束なんだけど、会場ではラウェイの話をしないでほしいんだよ」

「は？」

「……この集まりってラウェイの本部とは関係ないもんなの。主催の人が個人的にやってるパーティだから…」

なんだか奥歯にモノの挟まった言い方だな。

ビキニの女がドリンクを配る

喫茶店から歩くこと数分、目的のマンションに到着した。何とかタワーなんて名のついた高層マンションだ。エレベーターで20ウン階へ。部屋のドアを開けると、賑やかな声が聞こえてきた。すでに始まっているようだ。

オレたちを見て、カツマーを一回り小さくしたような40絡みの女が近づいてきた。サングラスを頭にのせ、シャツの襟を立てている。なんだかなぁ。

女ばっかじゃん!

気になってしょうがないっす

「会費2千円です」

会費取るんだ。ふーん、金あり余ってるわけじゃないのね。

会場には若い連中がいっぱい集まっていた。リビングルームは座る場所がないほど混雑してる。男女およそ40人。うち、女が7割か。

一面ガラス張りの向こうには夜景が映え、ソファやラグもセンスがいい。テーブルのパスタも旨そうだし。

ん？　何だあの子⁉

上はビキニ、下は短パンの格好をした女たちがいた。シャンパンやワインをお盆にのせ、みんなに配っている。エロい。いかにも豪奢なパーティって感じだ。

小田が知り合いを見つけてどこかへ行ってしまったので、オレは一人取り残されてしまった。

そこへカツマーが寄ってくる。

「どうですか？　けっこう楽しいでしょ？」

「…そうですね」

「うちはああいうイベントもやってるんですよ」

指さしたテレビ画面にはクラブイベントの映像が流れていた。私たち、こんなに充実した暮らししてんのよ、と言いたいのか。

「あ、そうだ」

彼女が何かを思い出したように、おいでおいでと手招きした。連れて行かれたのはキッチンだ。男女がせっせと料理している。

「あ、まだか。パスタが茹であがるころだと思ったんだけど」

パスタを茹でてるあの鍋、ネットで見たことがある。ラウウェイ製の鍋だ。実力を見よってか。

「おーい、仙頭さん」

小田の声がした。あいつ、オレをほったらかして何してんだよ。

見れば、彼は女の子たちに囲まれて座っていた。

「仙頭さん、楽しんでる?」

嫌味な言い方である。オレが一人なのをわかってるくせに。ああ、ララウェイに入れればオレもその輪に加われるのに…って、ヤバイヤバイ、まんまと乗せられてるじゃん。


「こんなマンション住めたらいいですよね」

小田とカツマー以外は、誰もしゃべりかけてくれない。ビキニのネーちゃんも笑顔を向けてくるだけだし。

どうやらこのパーティ、がんがん勧誘するための場ではなく、〝成功者〟のゴージャスぶりを頭にインプットさせることが目的と見た。後日そのイメージを武器に誘ってくるのだろう。入会すればあなたもあの一員ですよと。

部屋の隅で、一人でポツンとしている男を見つけた。オレと同じ境遇か。

「一人ですか？」

「あ、はい。人に誘われて来たんですけど。ぼく2回目なんですよ」

2回目かよ。引き込まれかけてんじゃん。

小田との約束を無視してラウェイの話題を振ってみる。

小田のヤロー、
オレを無視して
イチャこきやがって

「入会とか考えてるんですか？」

「いいかもと思ってますね。こんなマンション住めたらいいですよね」

こりゃ、あと一押しで一丁あがりだな。

近くにもう一人、ポツン男がいた。ぼけっと場の様子を眺めている。

「一人なの？」

「はい」

「ララウェイやってるの？」

「もうちょっと話を聞いてからやろうかって考えてるんですけどね」

どいつもこいつも揺さぶられてやがるな。

あの子は月20万、あの彼は月30万

宴もたけなわの夜11時ごろ、ポロシャツ姿の男が声をかけてきた。やけに落ち着いた雰囲気を放っている。

「どうもー。うちに興味があるって聞いたから、軽く話しとこうと思って」

来た。ついに勧誘か。

「例えばあの人、サングラスを頭にしてる女性いるでしょ」

カツマーのことだ。

「本職も持ってる人なんだけど、うちで月40万くらいかな。その横の子はまだ22歳だけど、月20万くらい稼いでるし」

あいつはこいつはと、順番に数字をあげていく。金額はだいたい20万くらいだ。法外ではないけどサイドビジネスとしてはおいしいと思える、絶妙な数字だ。

「あの向こうの彼なんて、去年まで商社で働いてたんだけど、今はうちだけで食べてる。月30万くらい稼いでるよ」

「…そうなんですか」

「うちはそんな感じで儲かってるから。仙頭さんも絶対稼げると思うし」

上手い話術じゃないが、単純な直球も威力がある。もし退屈な毎日を送り、自由な金もままならず、仲間とわいわいやる機会もない男なら、コロッといってしまうかもしれ

パーティ2度目の彼。こんだけ女がいれば揺さぶられるよな

ない。さっきのポツン君たちのように。

ミクシィの書き込みだけで食ってる女

時間が遅くなるにつれ、少しずつ人が引いてきた。窓際のイスが空いたので、携帯をイジってる女の隣に座る。

「ここいいすか」

「どうぞ」

同年代っぽいな。連れてこられた人かな？

「よく来るんですか？」

彼女は携帯をイジる手をとめた。

「しょっちゅうですね」

筋金入りのララウェイ会員か。

「ぼくは今日初めてきたんですけど、いろいろ雰囲気がわかってよかったです」

ララウェイよりの発言が良かったのか、女の表情

女の大半は賑やかしだったようだ

が明るくなった。

「それは良かったですね」

「今日ここにいた人で、どれくらいがやってるんですか？」

「3分の1くらいじゃないですか。女の子なんかは、近所に住んでる普通の子が多いですよ」

つまりは賑やかしだ。楽しんでます空気を演出するためのお飾りだ。あんな若い子らがみんな〝成功者〟のはずないもんな。ラウェイの話をするなと釘を刺されたのも、彼女らを引かせないためだったのか。

「オネーさん、お仕事は何をしてるんですか？」

「私はまあ、自営業みたいなもん。ギリギリ食べられてるくらいだけど」

「どんな感じの仕事ですか？」

「昼ごろ起きて、あとはずっとミクシィやってる感じ。いろんな人の日記にコメント書き込むの。1日中やってるよ」

ミクシィの書き込みなんかがカネを生むわけない。てことは、要するにこの女は…。

愛用者ならご存じのように、ミクシィではときどき、妙な女（であることが多い）から メールが届く。サイドビジネスがどうたらこうたらいうやつだ。この女が食えてるってことは、引っかかるヤツも多いってことか。

会話が途切れるや、彼女はまた携帯をイジり始めた。画面はミクシィだった。お仕事熱心なようで。


「というわけだから、お前なんかが参加したら上手く言いくるめられるよ」

弟は腑に落ちない様子だ。

「でも成功したら女に囲まれるんだろ。ミクシィだけで食えるんだろ」

こういうバカは失敗者のパーティにでも連れてってやるのが一番か。みんな段ボール箱（在庫）の山を抱えてやってくるぞ。

居酒屋の客引きはどんなステキな店に案内してくれるのか

月刊『裏モノJAPAN』2016年8月号掲載

繁華街には、居酒屋のうっとうしい客引きが必ずいる。店前で、いかにもバイトの子たちがニコやかに呼び込みしているあれではなく、チャラチャラしたニイちゃんがグイグイ迫ってくるタイプのやつだ。あいつら、どんな素敵なお店に連れてってくれるのかしら。

「個室です」と言っておりましたが…

『山●農場』……店の前まで連れて来てからそうくるか

夕方6時半。新宿にやってきた。

駅の東口から歌舞伎町にかけては、いつもどおりそこかしこに居酒屋の客引きが立っている。

同行者の友達と、飲み屋を探しているテイで歩く。歌舞伎町の『一番街』で、迷彩ジャケットの男が近寄ってきた。

「居酒屋とか案内しますよ」

キタキタ！

「どういう感じなの？」

「飲み放題で1500円って店があるんですけど…」

いったん言葉を切り、少し間を空けてから続ける迷彩服。

「でも1200円くらいには下げれるんで。個室の店ですし、どうですか？」

こちらが承諾すると、迷彩服は店に電話をかけ、『一番街』を歩き出した。

「ここの4階です」

足を止めたのは、箱ヘルやオンラインカジノや中国エステが入った雑居ビルだ。入り口に『4階・全室個室・山●農場』という看板が出ている。とてもマトモな飲食店が入っているとは思えない建物だし、店名が大手居酒屋チェーン『塚田農場』のマネっぽいのも気になる。

エレベーターを4階で降りたところで迷彩服がボソリとつぶやいた。

「そうそう、一人一品ずつ料理を頼んでもらうのがキマリになってまして」

店の前まで連れて来てから、そうくるか。何が「そうそう」だっつーの。

これのどこが個室なんだよ！

入り口の戸をガラリと開けると、女のスタッフが顔を出した。

「いらっしゃいませ」

客引きからすでに話が通っているのだろう、人数を聞かれもせず、奥へ通された。通路に面したトビラを開け、個室へ……。は～！ これのどこが個室なんだよ！

隣のテーブルとの仕切りは、暖簾をたらしているだけ。横のニイちゃんの顔、普通に見えてるし！ 会話、めっちゃ鮮明に聞こえてるし！

のっけから辟易していると、スタッフが箸とおしぼり、そして小鉢を持ってきた。

「お通しです」

ほんのちょっとの量のキムチだ。

「…ちなみにいくらですか？」

「490円です」

高っ！

ひとまず、飲み放題メニューから酒を選び、料理も5点ほど注文して飲み始めた。

意外と味は悪くない。生ビールはちゃんとキレがあるし、料理は値段が少し高いが、そこそこ美味かった。

が、やはり、やかましいのが如何ともしがたい。だんだんイライラしてくるが、隣の連中だって『個室です』と言われて来たんだろうと思うと、恨めしいのは客引きだ。くそっ！

お通し。490円×2

大根サラダ。625円

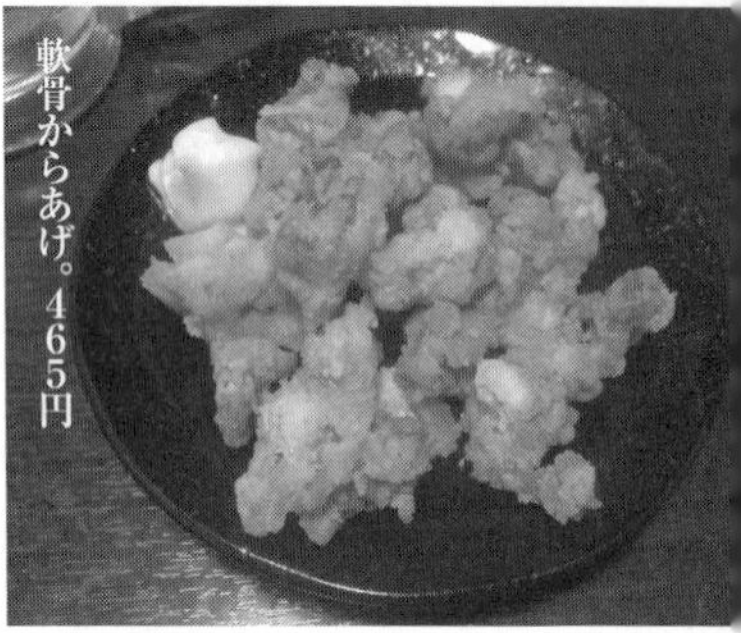
軟骨からあげ。465円

マグロ刺。525円

とんトロ串2本395円
アスパラ豚巻2本395円

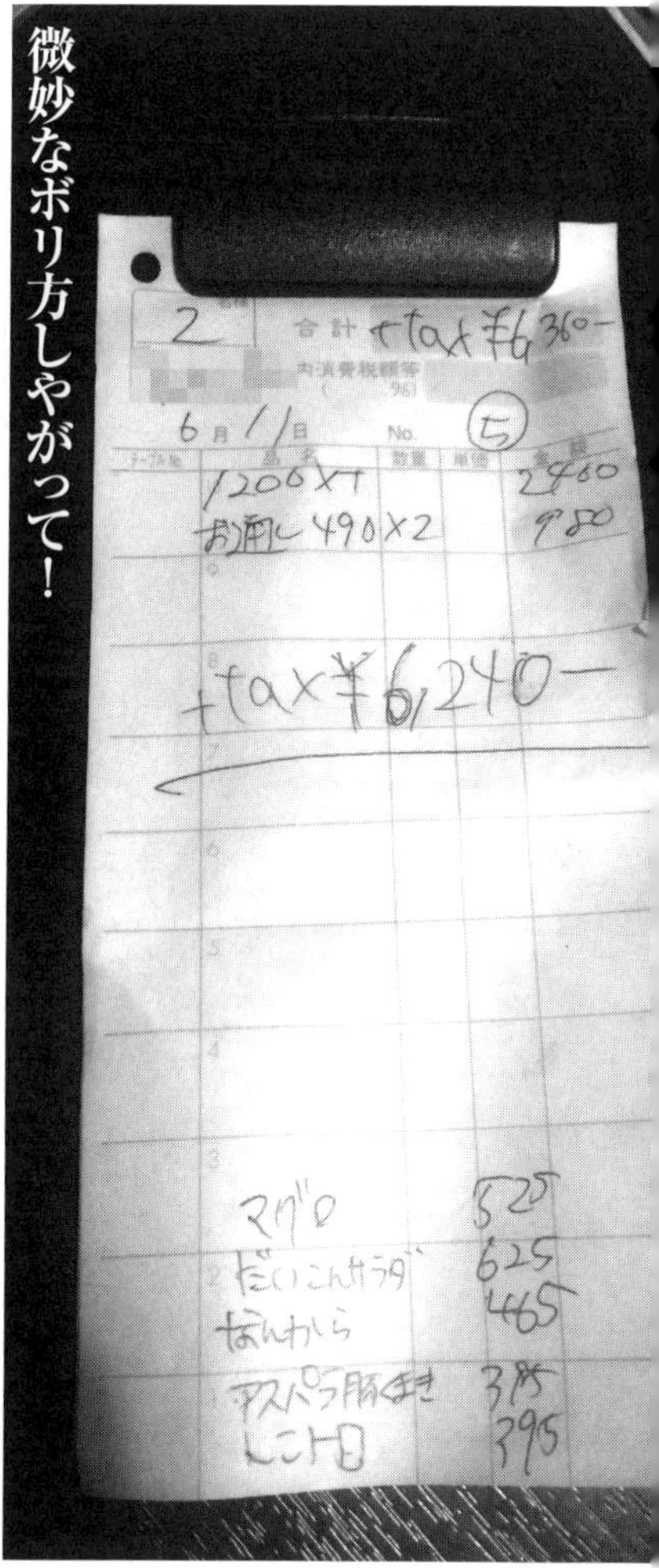

1時間で店を出て、会計は6240円。飲み放題2人分と、しょぼい料理5品でこの値段。ビミョーにボッてる感じだな。ま、とにかくこの店は、あれを個室と呼んでるとこがまったくダメ！

『H●N●』……「飲み放題のビールは金麦になります」

釈然としないまま店を出たところで、ひと息つく間もなく、新たな客引きが声をかけてきた。

「居酒屋どうですか？」

「…いま行ってきたとこなんで」

「もう帰られます？　ワンチャンもらえませんか？」

慣れ慣れしいやつだ。

「ドリンクのほうは全品20％引きにできますんで。でも、お酒けっこう飲みます？」

「まあ普通には」

「だったら、飲み放題90分、キュッキュッパでどうですか？」

９９８円か。こなれた言い方が怪しいっつーの。

「ビール、サワー、カクテル、ウイスキー、だいたいありますんで。ただ、お通し代５００円と、一人一品の注文はお願いしたいんですが」

やっぱそういうシステムか。でもまだ隠していそうな気がするんだけど…。

「じゃあ、まあ、行ってみるけど。店はどこなの？」

「ここです」

見せてくれたビラには、パラソルが並ぶ店内写真が。ビーチリゾートのようだ。店名は『屋内ビアガーデン　Ｈ●Ｎ●』。

ニイちゃんはビラの裏側に『９９８　２名』と書き込み、こちらに寄こしてきた。

「店には連絡しとくんで。これ持って、そのビルの７階に行ってください」

外壁の荒れ果てたビルのエレベーターに乗り７階

安っぽい店内

へ。待ちかまえていたスタッフに、席へ通される。店内は一応写真の通りだが、キラキラした雰囲気は皆無だ。

スタッフがお通しの揚げパスタを持ってやってきた。これが1人500円。ショボイもいいとこだ。

「じゃあ、生ビールを2つお願いします」

「生は、飲み放題に含まれていません」

えっ!?

「飲み放題のビールは、金麦になります」

第3のビールかよ！　たしかに客引きはビールとしか言ってなかったが…。仮にも『ビアガーデン』なんて謳ってる店なのに、生が別料金ってギャグじゃん。

バカらしくなってウーロンハイとハイボールを注文したところ、味がやけに薄かった。オレの感覚的には、ほぼジュースだ。


「ほら、ここに書いてあるでしょう？」

ウマくもない酒を無理して飲み続けてもしょうがない。客引きとの約束の1人1品ずつの料理を頼み、1杯目の酒を飲み終わったところで、店を出ることにした。

「いくらですか？」

伝票が出てきた。ん？　『奉仕料　406円』って何なんだ？

「奉仕料ってのは何ですか？」

「サービス料の10％ですが」

納得できないな。高いお通し代を取ってるくせに、さらによーわからん料金を加算するなんて…。

ごねていると、スタッフがおもむろにオレたちが座っていた席へ向かい、メニューを取って戻ってきた。そして一番最後のページを開いて見せてくる。

お通し×2。1000円

梅水晶580円
チャンジャ480円

ここに「奉仕料10％頂きます」って書いてますよね？

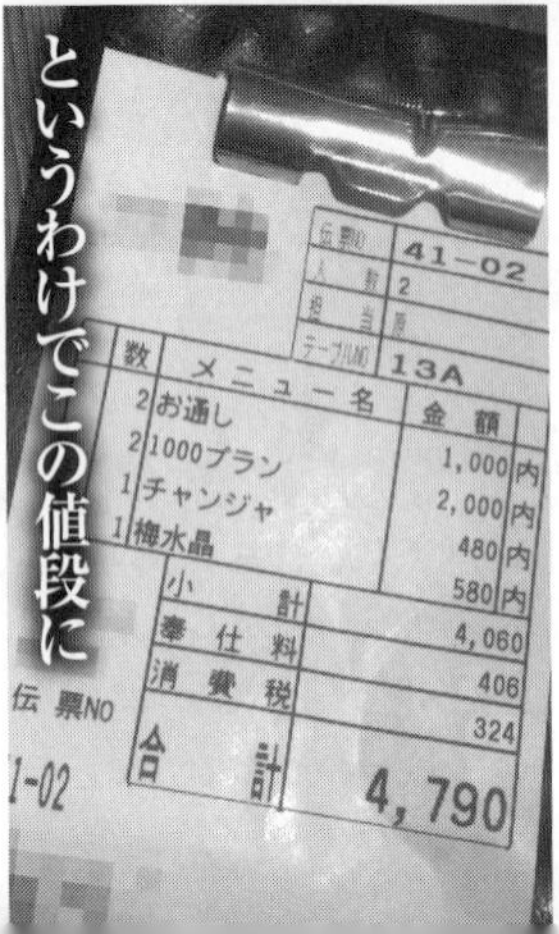
というわけでこの値段に
伝票NO 41-02
人数 2
テーブルNO 13A
数 メニュー名 金額
2 お通し 1,000 内
2 1000プラン 2,000 内
1 チャンジャ 480 内
1 梅水晶 580 内
小計 4,060
奉仕料 406
消費税 324
合計 4,790
伝票NO
1-02

「ほら、ここに書いてあるでしょ？」

かなり小さい文字で、「サービス料10％を頂きます」と記されている。…これがヤリ口かよ。

「こういうシステムなら、最初にちゃんと言うべきだと思うんですけど」

「でも、書いてますんで」

「書いてるって言っても、こんなに小さい文字じゃ、不親切じゃないですか」

「うちはこういうシステムでやってますんで」

「…システムねぇ」

たかが数百円くらい払ってやるか。…ってのがまさにこいつらの狙いなんだろうな。

『天●の囲』……これでもかってほど上げ底にしてやがる

今度はフラフラと駅東南口を歩いていると、声をかけられた。

「居酒屋とかどうですか?」

「…安いの?」

「普通に入るよりも15%引きくらいにはできるんで。だいたい、みなさん、2~3千円くらい使う感じですかね」

「安そうね」

「もしかして、お腹とかはあんまり空いてない感じですか?」

「そうねぇ」

「お酒を飲まれるなら、飲み放題で1300円でやりますんで。お通しとは別に、1人1品の注文を

「予約金1000円を…』。心変わりを防ぐためか

お願いしたいんですけど」

　また例のシステムか。これが一番儲かる勧め方なんだろうか。

　こちらが応じると、スタッフはどこかに電話をかけてから、こう言ってきた。

「席は広いほうがいいと思いまして。ちょっと遠いんですけど、4名席が空いてるお店があったんで、そちらを取りました」

「そうなんだ」

お通し×2　972円

だし巻き卵842円

たこわさび594円

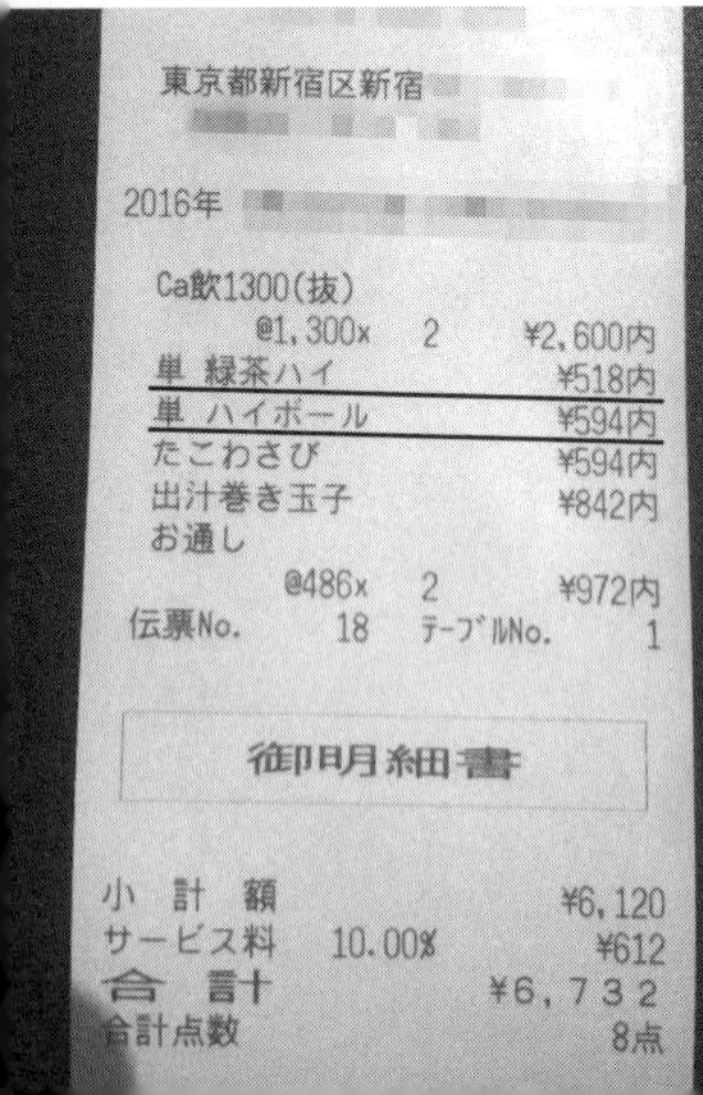
東京都新宿区新宿

2016年

Ca飲1300(抜)		
@1,300x	2	¥2,600内
単 緑茶ハイ		¥518内
単 ハイボール		¥594内
たこわさび		¥594内
出汁巻き玉子		¥842内
お通し		
@486x	2	¥972内
伝票No. 18	テーブルNo.	1

御明細書

小計額		¥6,120
サービス料	10.00%	¥612
合計		¥6,732
合計点数		8点

おいおい、2杯目をシレッと単品扱いにしてきたよ

「もうお席は取ったんで、ここで予約金として１０００円を預からせてもらいたいんですが。お店に着いた時点で、この紙を渡してもらったら、お金はお返ししますんで」

客引きから教えられた店『天●の囲』は、歩いて５分ほど、１階にサラ金が入った薄暗い雰囲気のビルの９階だった。

入り口でキョロキョロしていると、坊主頭の男性スタッフが近付いてきた。客引きから渡された紙を見せる。

「すみません。これなんですけど」

「はいはい。どうぞ」

約束どおり千円は返ってきた。よろしい。

店内をキョロキョロ見渡す。割とゆったりした間隔でテーブルが並べられており、ぱっと見落ち着いた雰囲気だが、内装はどこか安っぽい。

若い女の子のスタッフがやってきた。テーブルにおつまみのマカロニサラダを出す。たぶん５００円くらいするんだろう。

「じゃあ、とりあえずビールを２つと、料理を一品ずつ頼まなくちゃいけないんだよね」

「あ、お願いします」

メニューを見る。ん？　どれもこれも明らかに高いんだけど。焼き鳥が４本１０８０

円、お茶漬け680円、もつの味噌鍋1人前1450円——。

「…じゃあ、たこわさと、だし巻き卵で」

「15%引き」なんて言ってたが、一般的な居酒屋値段よりも30%くらいは高いんだけど。運ばれてきたたこわさを見て、さらに驚いた。小鉢の底にシソの葉を敷き詰め、これでもかってほど上げ底にしてやがる。

「あの人たちは、うちの人間ではないんで」

料理は1人1品ずつしか頼まず、2杯ずつ飲んだところで、会計をすることにした。

「すみません。チェックを」

坊主頭スタッフが伝票を寄こしてきた。おそるおそる見て、目を疑った。飲み放題なのに、2杯目のドリンクが単品料金になってるではないか。しかもまた『サービス料』が10%付いてる。合計6732円だ。

「これ、どういうことですか？　なんで、飲み放題なのに？」

「あ、そうですね」

坊主頭が伝票を引っ込め、特に詫びることなく訂正した伝票を出してきた。

「こちらでお願いします」

お願いしますじゃないだろ！

「こんなミスってありえますか？」

「すみません。バイトの子が注文を受けるときにうっかりしちゃったんだと思うんで」

軽く言ってくれるなぁ。

「納得できないなぁ。このサービス料ってのはなんですか？」

「サービス料です」

「こういうの取るなら、客引きさんにも言っておいてほしいんですけど」

「それはすみません。でもあの人たちは、うちの人間ではないんで」

「関係ないってこと？」

「関係ないとは言い切りませんけど、うちはこういうシステムでやってるんで。そのへんは理解してもらえませんかね？」

そう言って、睨むように見据えてくる。くそ〜！

イスト村滞在記

月刊『裏モノJAPAN』2012年10月号掲載

あっちもこっちもどこでも全裸!

ヌーデ

南フランスの「アグド」という地域に、夏になると、世界中から何万ものヌーディストが集まる村があるそうだ。

その名も「Naturist Village」(裸主義者村)。そこでは、老若男女がスッポンポンで外を歩いており、ビーチも裸、スーパーも裸、カフェも服屋も裸、どこもかしこも裸らしい。

普段、この島国ニッポンでパンチラだ胸チラだと騒いでいるのがアホらしくなってくるような話だ。地球の裏側ではオッパイもマンコも見放題ってか。最高じゃねーか。

行きたい。めっちゃ行きたい。行ったらオレ、もう日本に帰ってこないかもしれないけど。

どうだ、これが日本人のチンチンだ!

7月末。日本から丸24時間かけて、アグドに到着した。時刻は朝11時。天気はいいし、気温も高い。まさにヌード日和《びより》だ。

まずはホテルに荷物を置き、目的の村へと歩いて向かう。

地図によれば、ヌーディスト村の広さは東京ディズニーランドとシーを合わせたくらい。村全体がフェンスで囲われていて、中へ入るには入場ゲートをくぐらなければならない仕組みだ。

内部は大きく3つのエリアに分かれている。商店やマンションが並ぶ生活エリアと、緑の広がるキャンプエリア、そしてビーチだ。

地図を見ながらてくてく歩くうち、「Natural Village」という入場ゲートが見えた。なになに、1デイ4ユーロ（約400円、2012年当時）？　へぇ、有料なんだ。

入場パスを買って村内へ。目に飛び込んできたのは、リゾートマンションやコテージ、オープンカフェなどが並ぶ生活エリアだ。

おっ、いたいた！　オッサンオバサンの白人カップルが素っ裸で歩いてる。チンコもマンコもモロ出しだ。

あっちには若いカップルも！　うひゃー、オッパイ丸出し！　マンスジばっちり！

ありゃ、こっちじゃジジババも全裸で歩いてるし。あんたらのは見たくないね。

もう服なんて着てる場合じゃない。オレも脱ぐぞ脱ぐぞ。ほーら、どうだ、これが日本人のチンチンだ！

モデルみたいな美形が黒ずみマンコにピアスを

とりあえずビーチエリアに向かって歩いてみた。

途中、すれ違う人間はだいたいみんな全裸、もしくは腰にパレオを巻いているだけ。

服を着てる人間のほうが浮いているような状況だ。

人種は白人がほとんどで、あとは黒人と南米系がパラパラだ。アジア人はぜんぜん見かけない。だからだろう、みんながオレを物珍しそうに見てくる。すみませんね、小さなチンコで。

まもなくビーチ独特の匂いがし、目の前に南フランスの穏やかな海が広がった。

すげぇ……。

息を呑んだ。海の青さにではない。浜辺の人々にだ。ケツ、おっぱい、ケツ、おっぱい。海岸線のかなり遠くまで、ヌーディストたちがあふれている。2千人以上はいるんじゃないの!?

こりゃあ、鑑賞にはいくら時間があっても足りねーな。1分1秒もムダにできん。

中年カップル率高し

水着の子、恥ずかしがってるんやね〜
（オカズにしてやりました）

さっそく裸の群れにゴーだ。

いやー素晴らしい。どこもかしもオッパイとマンコだらけだ（チンコはわざと目に入れない）。

ツンと張った美乳、垂れたシワシワ乳、キレイな乳首、黒い乳首。あらゆるおっぱいがユサユサ揺れている。

マンコもいい。たいがいアソコの毛を剃ってるので、様子が丸わかりだ。スッと一本スジが入っただけのおとなし目のマンコもあれば、大きいビラビラがびよーんと伸びたマンコも。モデルみたいな美形が、黒ずみマンコにピアスを付けてたりもする。

見た感じ、若いコ3割、オバハン7割ってとこか。基本的にみんなカップルで、日光浴を楽しんだり、砂浜に寝転がって本を読んだり、水遊びをしたり、ごくごく健全な印象だ。

日本のビーチのように、女の子3人組が浮き輪でキャッキャしてるような、オイシイ場面は見られない。

意外だったのは、家族連れまでいたことだ。いい歳のオヤジが、中学生くらいの娘と全裸ビーチバレーってのは、教育上いかがなものだろう。

キタキタキター、地中海に精子放出!

歩き疲れたので、ビーチのカフェに入った。

デッキソファに座り、パナマビールを飲みながら、目の前を歩くオッパイやマンコを眺める。ああ、オレ、一生ここで暮らそうかな。天国だよ。

当初の緊張感が薄れていくにつれ、オレの体に変化が生じてきた。

あまりにも多くの裸体を見つづけたせいで股間にムラムラが溜まってきたのだ。実際ちょっと半勃ち気味になってるし。

おっ?

海の中に珍しい連中がいた。かなり若い男女グループだが、裸と水着が入り混ざってるのだ。大胆な子に「ヌード村行こうぜ」と誘われてきたけど、恥ずかしくって脱げないみたいな感じだろうか。男子、ドキドキだろうな。

あの女の子の体はどうなんだろう。いずれ脱ぐんだろな。今のチンコには、刺激が強いなあ。うーん、シコりたい…。

チンコを握って飛び起きたオレは、海へ向かって走り、そのままジャバンと飛び込んだ。ここらへんでいいか。よーし、海に浸かってこっそり抜くぞ。シコシコシコ。水の抵抗がジャマだけど気持ちいい！　我ながらいい作戦だ。キタキタキター、地中海に精子放出！

その後も、ビーチを散策してムラムラきたら海でシコるという作業を繰り返し。夕方までにたっぷり4回もヌイてしまった。

生活エリアに戻るころには、すでに太陽は沈みかけていた。もうくたくただ。今日はもうホテルに帰るとしよう。

ビーチよりもこういう場所のほうがグッとくる

翌日は、トーストと卵の朝飯を食った後、生活エリアを回ることにした。

まずはスーパーへ。おっ、何だこの光景は。みんな、おっぱい丸出しで買い物をしている。ビーチよりもこういう場所のほうがグッとくるな。

総菜屋では若いコが腰布の間からマンコをチラチラ見せながら肉を買い、服屋では若い半裸カップルがセクシーコスチュームの品定めに夢中だ。

でも残念ながら、店員だけはどこも男女ともに服を着ていた。おっぱい丸出しのレジ店員、見たかったんだけどな。

ショッピングモールを出て、今度はコテージが並ぶほうへ向かう。夏の間だけバカン

フルーツショップも

雑貨屋も

スに来る人たちの居住エリアだ。

　かわいらしい小さな家の庭では、全裸の家主が読書をし、公園ではジジババがゲートボールのようなスポーツに興じていた。もちろん全裸だ。

　犬の散歩をする女性も、自転車やインラインスケートで走っていくカップルも、誰もが当然のように裸だ。

　なのにレイプ事件なんてものは起きそうになく、とてものどかな空気が流れている。半勃起してる男すらどこにもいないし（オレ除く）。

　ビーチ全裸じゃなく、生活感のある中での裸を見せられ、なんだかまたシコりたくなってきた。海は遠いし、ちょっとあっちの茂みに隠れるか。

肉屋だって

緑の生い茂るほうへと歩くと、そこはキャンプエリアの入り口だった。スタッフがなにやらフランス語で言っている。どうやらこの先はキャンプ利用者専用エリアで、すでに満員のため新たな客は入れないらしい。

なーんだ、シコり損ねたよ。にしてもキャンプエリアって、若いのが多そうで気になるな。

オッパイとスキンシップする大チャンスだ

海の中でシコった後、ビーチでビールを飲んで横になり、思わず夜まで眠ってしまった。生活エリアのほうから、低音の効いた音楽が聞こえてくる。何だかやけに騒がしい。行ってみるか。

ショッピングモールのあたりは、昼とは打って変わり、紫やピンクのぎらぎらとした光に照らされていた。町全体にダンスミュージックが流れている。夜はここ、こんなふうになるんだ。

あそこはクラブかな？　入り口から覗くと、服を着た男女が楽しそうに踊っている。楽しそ〜！

「ノーノー！」

入り口のスタッフが全裸のオレを制した。ドレスコードがあり、男は襟付きのシャツ、女はセクシー衣装じゃないと入場できないらしい。

急いでショッピングモールでシャツを買って戻ってくる。

「ムッシュ！　ＯＫ？」

「オーケー」

よっしゃー、みんな、オレも混ぜてくれー！

スゴイ盛り上がりだった。さすがヌーディスト村にあるクラブだけあって、ポールダンスのステージでは女たちが裸で踊り、押しくらまんじゅう状態の中で真っ裸になってるコまでいる。あんた、触られまくってんじゃん！

スゲーぞ、ここは。ずっと指をくわえて眺めるだけだったオッパイと、スキンシップする大チャンスだ。

あっちへウロウロ、こっちへウロウロと、おっぱい丸出しちゃんのそばに近寄っては、よろけるフリでバストタッチ！　あらよっと。

「××××××××××！」

そばにいたニイちゃんにすごい剣幕で怒鳴られてしまった。あー、怖っ、テメーの女、そんなに見せびらかしといてもったいぶるなよ。

チクショー、オレも女と一緒に来たかったな。どのオッパイもどのマンコも、ショーウインドウの中の高級時計みたいに、ただただ眺めるだけだなんて酷な話だよ。

ほら、つんつんっ。もう吸い付いちゃおっかな

3日目。早くも最終日だ。

オッパイとかマンコはもういい。ゲップが出るほど見た。

むしろ、見過ぎたせいでオレは心寂しくなってるのだ。人肌が恋しくてならない。

極東の島からオレが単身乗り込んだように、世界のどこかから一人きりでやってきた女の子がいても良さそうなものなのだが。全裸同士で知り合えば、後の展開もすいすい進むだろうし。

なので最終日は単独ヌーディスト女性の探索に費やすことにした。朝10時。気合いを

入れて出発だ。

目を皿のようにしながらビーチを歩く。やはりどこもカップルばかりで、特に若い女には男がピッタリ張り付いている。

ん？　んん〜？　あの黒髪の、肌が浅黒い子、一人で座ってない？　周りに誰もいなくない？　あれれれれ。近寄ってみよう。

「メルシー」

「メルシー」

かなりのボインだ。アソコもつるつるだし。勃起しないように気をつけないと。

身振り手振りで話しかけると、彼女はニコニコと笑ってくれた。よくわからないけど笑ってるんだからイヤがってはいないんだろう。隣に座って肩を寄せる。

「ユアボディー、ビューティフル」

「サンキュー」

「グッド、ボイン」

「ボイン？」

「イエスイエス」

ふくよかな胸を指さし、その

おっぱい
くっついてるし！
（女のカレシ撮影）

指で乳房をつんと押してみた。

「オー（笑）」

笑ってる。いいね、いいね。彼女も孤独を感じてたところに、おっぱいつんつんアジア人が来てくれて喜んでるみたいだぞ。ほら、つんつんっ。もう吸い付いちゃおっかな。

とそのとき、遠くの方から男の声が飛んできた。

「へーイ」

こちらに向かって歩いている。カレシ？　あら、そうみたいね。

男が目の前までやってきた。どうしよう。

「へーイ、こんにちわ」

手コキしてる!

がっちり握手をしたところで、じゃあ、オレはこれでドロンさせてもらいます。

「バーイ」

「バーイ」

気のいいニイちゃんは、別れ際に、彼女とのツーショット写真を撮ってくれた。余裕やのぅ。

黒人男3人が白人女と4P

単独オンナを求め、ビーチを果てしなく歩きつづけたが、まったく見当たらなかった。なんだかずいぶん遠くまで来てしまった。くそー、引き返したほうがいいのかなぁ…。

あれ？　あそこのオッサン、何やってんだ。寝そべりながらオバハンに手マンしてるじゃん。わお、あっちにはフェラしてる女もいるし。

こっちは手マンだ

ここで
しゃぶるか！

この一帯はエロ解禁エリアなのか？ よーく見れば、女に手コキさせている男が何人もいるし。

向こうのほうに男の人垣が出来てるぞ。何だあれは？

現場をのぞきに行って、ビックリした。何と、黒人男3人が1人の白人女と4Pをしていたのだ。マジかよ。

まわりを取り囲む男たちは、そのセックスを見ながらマスをかいている。よーーし、今回の旅のコキ納めはここに決定だ。オレもシコってやる！

スコスコスコスコスコスコスコ。

ダメダメ、こんなに人がいたら緊張して出ないよ！

異様な光景でした（でもマスかきに参加）

第2章 小悪党とガチ対決

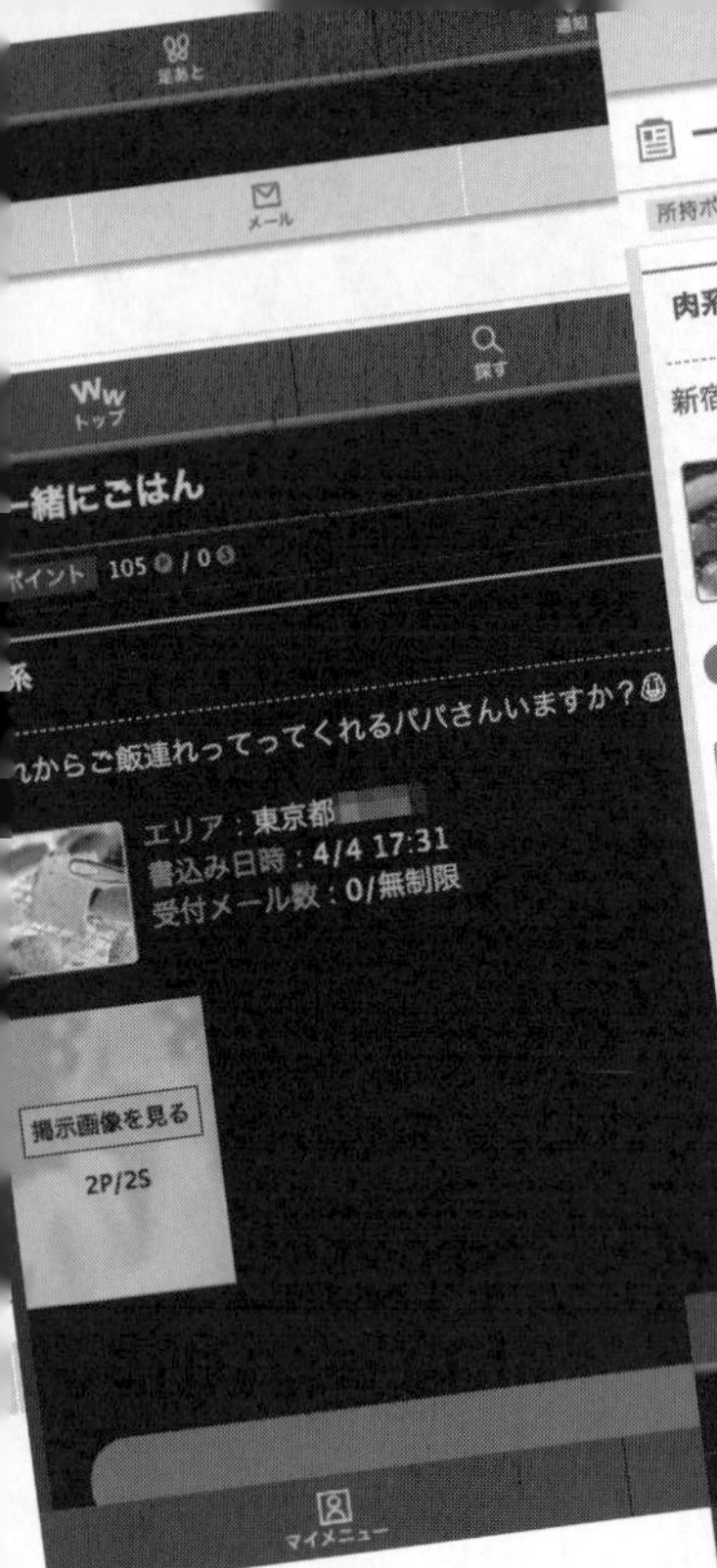

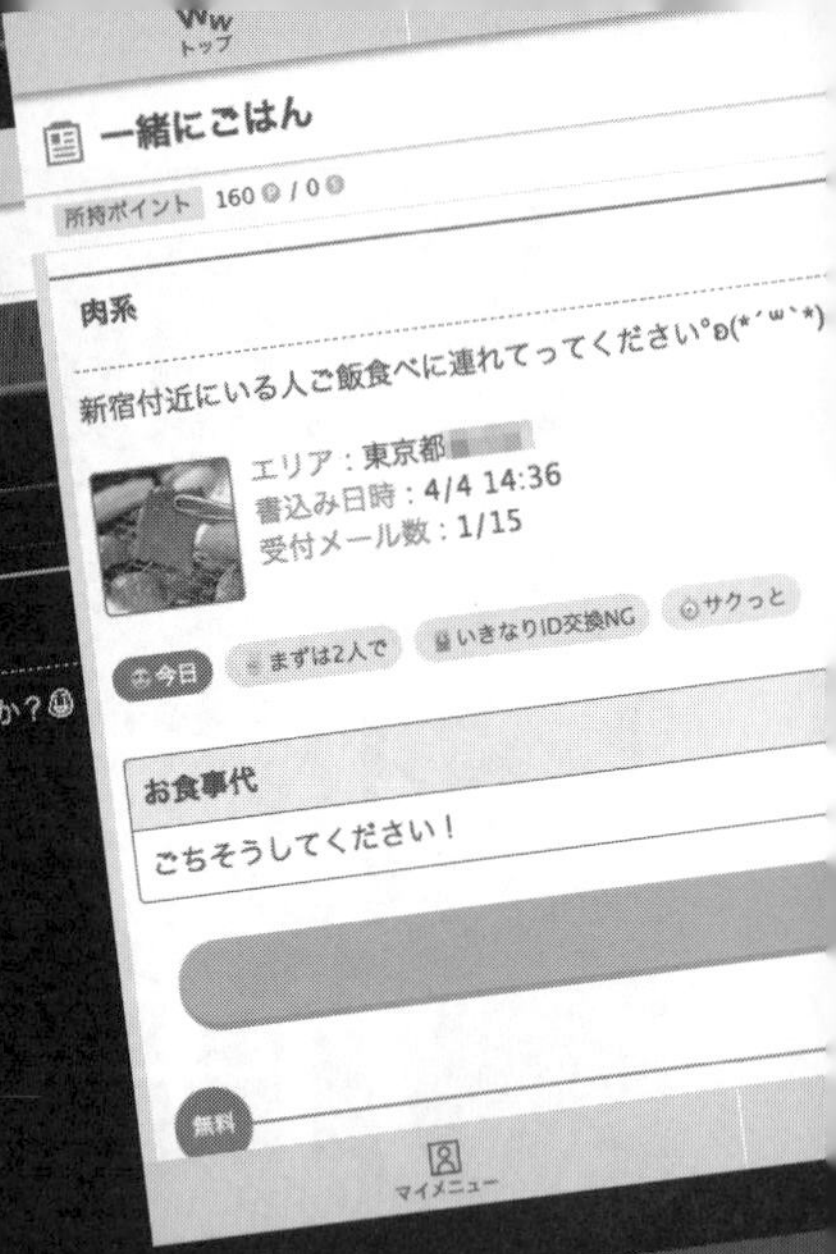

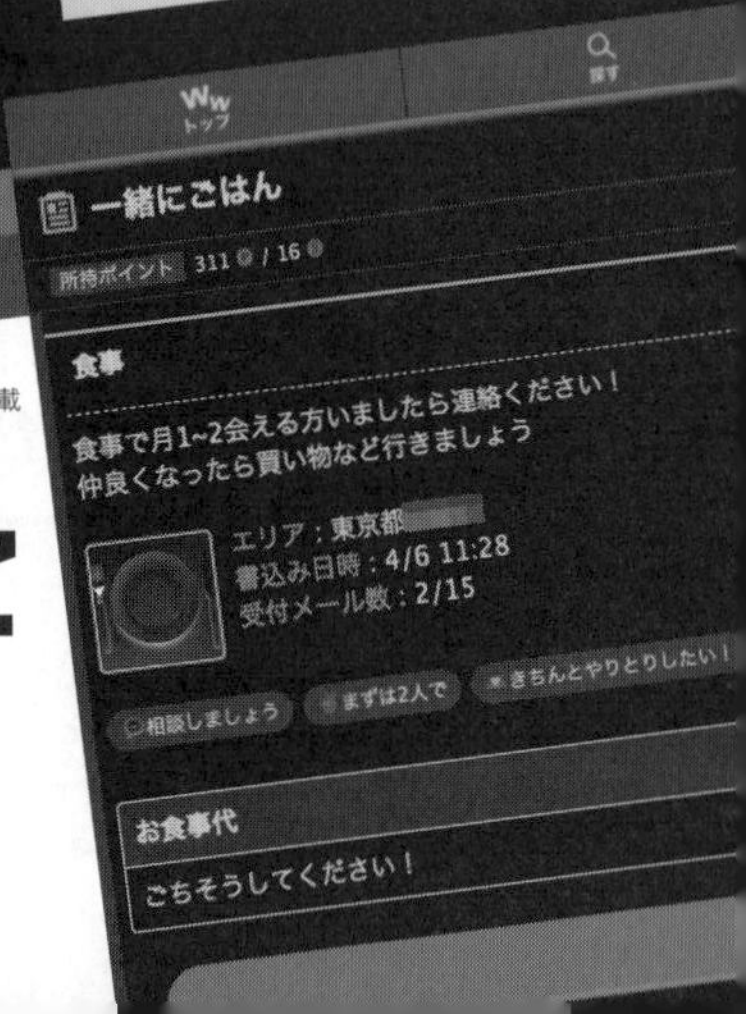

月刊『裏モノJAPAN』2018年6月号掲載

オンナを
てやる

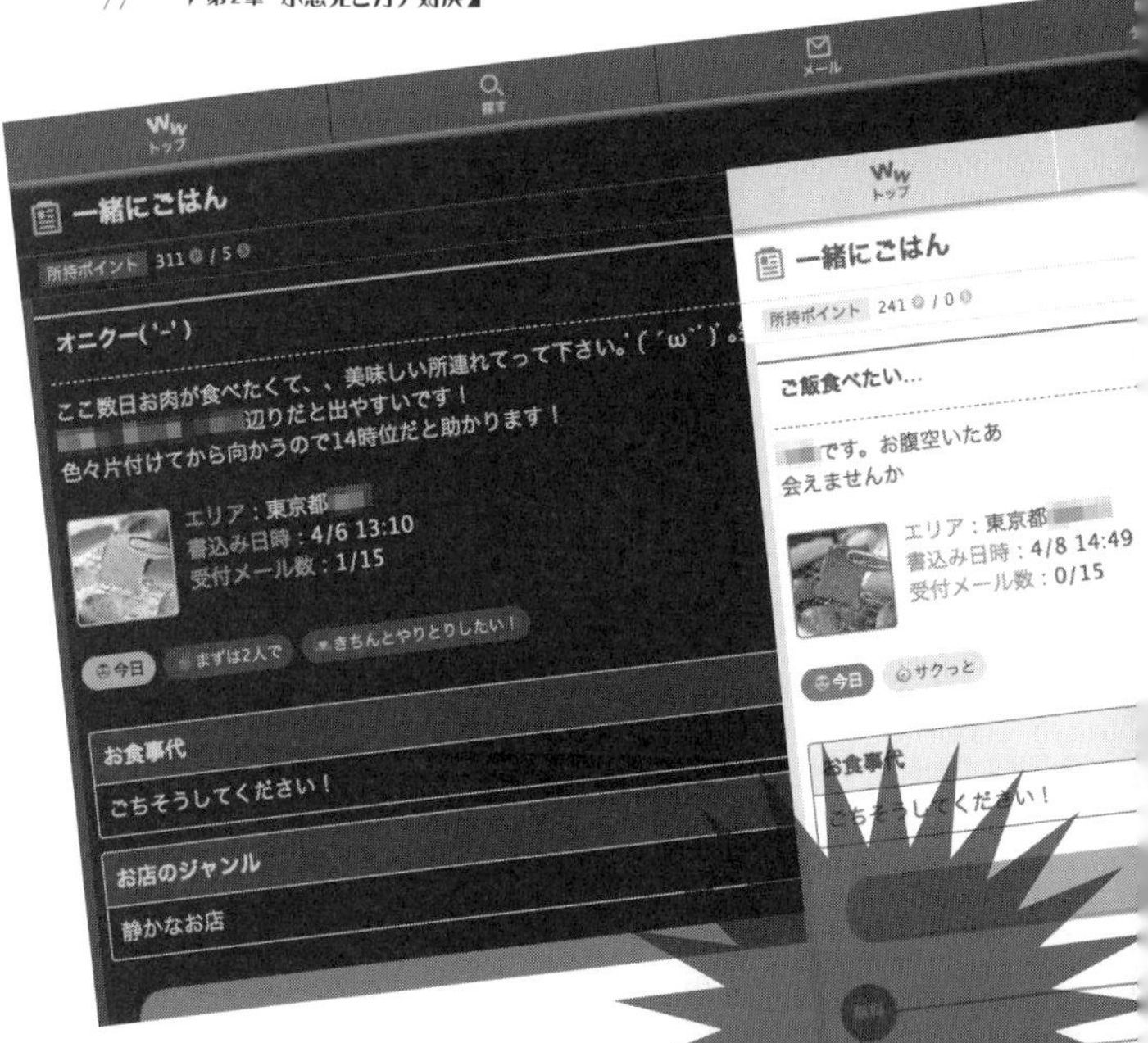

タダ飯ねらいのパパ活 安メシで凹ませ

パパ活と称し、初対面の男にメシをおごらせてバイバイする女が増えている。出会い系にも多い。エッチなことなしでご飯に連れて行ってくれる方募集なんて宣っているような連中だ。

どういう了見なんだろう。女の子とのご飯はそれだけで価値があるんだからおごってもらって当然よ、とでも思っているんだろうか？

許さん。タダメシ食い女に喝だ！　アポってから現場でみじめな思いをさせてやる！

10年くらい前からちょくちょく

出会い系サイトの『一緒にご飯』という掲示板で、おごってオンナの書き込みをチェック。まず気になったのは次の女だ。

〈ミキ／30代前半／写メ・おかずクラブゆいP似。『今夜21：30頃から。新宿か池袋。餃子か串カツ…な気分です』〉

ゆいPのくせに、なーにが気分だ。食いたきゃ自分の金で食えっての。

メールしてみるとすぐに返事が来て、新宿西口で会うことになった。

女はマスクを付けてやって来た。確かにゆいPっぽい。

「えーと、ミキさんですか？」

「はい、ミキです」

「花粉症とか？」

「そうなんです」

並んで歩き出すと、彼女がぼそりとつぶやいた。

「もしかして、思い出横丁へ行く感じです？」

「どうして？」

「こっちの方面に歩いてきたから、何となくそうかなぁと思って」

赤ちょうちんの飲み屋に入り、餃子とビールとポテサラあたりを頼んで、みたいな流れを想像してるんだろ？　でも、そうはならないから。

「思い出横丁へは行かないんだけど」

「あ、そうなんですね」

「というか、あのサイトはよく使ってるの？」

「まぁ、ぶっちゃけ10年くらい前からちょくちょく。で、良さそうな人がいたらゴハンに行ったりしてて」

10年選手かよ！　こりゃあ完全に調子こいてるとみた。

「定食とかはやめてね。牛丼並だけね」


まもなく『松屋』の前までやってきた。

「えーと、餃子か串カツが気分って言ってたけど、別に違う感じでもいいよね？」

「どこにするんですか？」

「松屋」

「えー、松屋ぁー」

えーとか言ってんじゃないよ。

「ほら、そこに券売機あるでしょ？おごってあげるよ」

「ほんとに？」

「でも、定食とかはやめてね。牛丼並だけね」

女の表情がみるみる強張っていく。まるで狂人でも見るような表情だ。

「もしかして、ヘンなこと言ってると思ってる？　じゃあ説明してあげよっか」

「…はぁ」

「ミキさんは、エロいことはダメなんでしょ？　だから、デートの価値としては数百円なわけ。残念だけど、思い出横丁の飲み屋とかは行けないんだわ」

「……」

「なので、松屋の牛丼並盛り。そういうこと」

　ほらどうぞと券売機のほうを指さすと、彼女がこちらをまっすぐ見てきた。

「あ、結構です」

「どうして？　牛丼並盛りならおごってあげるってば」

「いや、こっちも最初会ったときから、ないなーって思ったんで」

　何それ？　逆切れ？

彼女がすたすたと歩き出した。

「あれ、どこいくの？」

「マジでないから」

捨て台詞を吐いて帰るってか。何だかムカつくなぁ。ちょっと待ってよ。

追いかけると、彼女がポケットからスマホを取り、耳に当てて何やらしゃべりだした。

「はい、もしもし、おつかれさまです。電話もらってちょうどよかったです。いま、変な人がいて」

丸わかりの一人芝居だ。ま、伝えたいことは伝えたし、このくらいにしといてやろう。

アジアン隅田の分際でなにトチ狂ってんだ

次は、若い女と会ってみよう。

〈ユカコ／年齢20代前半／写メ・女芸人アジアン隅田似。『正直に言うとパパさんを探してます！　美味しいものが大好きなので一緒にいて楽しく食事できる方がいいです。スイーツ食べにいきましょ〜』〉

定期的に会って、しかしエロいことはせずにイイ飯屋へ連れていってもらいたいってか？　アジアン隅田の分際でなにトチ狂ってんだ。

ノリを合わせてメールを送ってみる。

〈はじめまして。わりと余裕はあります。気になったんでメールしました。スイーツ、ごちそうするよ〉

〈ありがとうございます。わ〜、スイーツぜひ行きたいです♪(・w・)♪〉

顔文字なんか使っちゃって、ノリノリですなぁ。待ち合わせ場所へ向かうと、彼女は先にやってきていた。こちらを見るなり、ぱっと笑顔になる。うわー、ほんとに隅田だよ。

「よかったです、来てくれて」

「来ないと思ったの？」

「前に、すっぽかされたことがあったんで。ひどくないですか？」

そりゃひどい。でも今日はそれ以上にひどい日になるかもよ。どこへ行くとも言わずに歩き出す。

「今日はなかなか風が強いね」

「そうですねぇ」

「というか、パパ探しって、やっぱり大人の関係を求められることが多いんじゃないの？」

スイーツね
OK!
一緒にごはん
所持ポイント 252 / 0
スイーツ
正直に言うとパパさんを探してます！美味しいものが大好きなので一緒にいて楽しく食事できる方がいいです。スイーツ食べに行きまし
エリア：東京都
書込み日時：4/8 14:51
受付メール数：0/15
お食事代
ちそうしてください！

「それはありますけど、メールでそういうの出してこられると、すぐにブロックするし」

やはりエロは考えてないわけね。では、予定通りのスイーツでいきますか。ちょうどコンビニ前を通った。

「そうそう、スイーツ食べたいって言ってたよね？　コンビニで買ってあげるよ」

答えを待たずに入り口へ向かっていく。

「大丈夫だよね？」

「…あ、はい。ありがとうございます」

ふふっ、表情がちょっと引きつってるけど本当に大丈夫？　この後の反応が見ものですなぁ。

「…ガリガリ君は、あんまり食べたことが」

コンビニへ入り、まっすぐアイスコーナーへ向かう。

「スイーツって言ったら、アイスも入るよね？」

「…アイスですか？」

ケーキやプリンを買ってもらえると思ってた？　そんな高価なものはダメですよ。

「ガリガリ君とかどう？」

「…ガリガリ君は、あんまり食べたことが」

「そうなの？」

「とりあえず、大学に入ってからは食べてないし…」

何か遠まわしに抵抗してきてるが、もちろん無視でいいだろう。

そのままレジへ向かう。コンビニを出て、彼女にガリガリ君を渡してやった。

「はい、どうぞ。溶けないうちに食べちゃって」

「…ありがとうございます」

スイーツをおごってもらえると思っていたのに、ガリガリ君。どんな心境かな？

「どう、おいしい？」

「あ、はい。でもちょっと寒いというか」

「たしかに、ここはビル風がすごいね。ちょっと移動しようか」

新宿御苑のほうへトボトボ歩いていくと、入り口に鉄製のベンチがあった。

「ここ良さそうじゃん。御苑に入ると入場料が２００円かかるし、ここに座ろうよ」

2人で並んで腰を下ろす。ここまでアピールすれば、そろそろ彼女も何か気づき始めてるかもな？

「もしかして、ちょっと変だなぁと思ってる？　スイーツがガリガリ君だし、御苑にも入らないし」

「…いや、まぁ、そういう人かなぁとは思ってますけど」

答え合わせしてあげるか。

「ユカコさんって大人の関係がダメなんでしょ？　だったら、オレがお金を使わないのは仕方ないんだよ」

「…はい」

「具体的にいうと、大人の関係ありのデートならおいしいスイーツが食べられる、そうじゃないとガリガリ君。これが世の中なの」

「……」

返事はないが、理解してくれたかな？

すると、彼女が4分の1ほど残っていたガリガリ君を一気に食べた。

「完食したね？」

「はい。もったいないんで！　ありがとうございました！　ごちそうさまでした！」

そのまま新宿駅のほうへ帰っていった。ふふ、悔しがれ、悔しがれ！


「まぁ2とか。少なくとも1とか」


次はこいつだ。

〈ユイ／年齢18歳／写メ・無し。『明日のお昼頃空いてる方いませんか～？　お食事とかお茶等しましょう～』『定期で会ってくれる方も募集』〉

メールを送ってみると、こんな返事が。

〈お手当とか交通費って考えられてますか？〉

おごりだけではなく、金までくれってか？　これは教育のし甲斐がありそうじゃん。

〈お手当はもちろん考えてるよ。どれくらいかは会ってから決めさせてもらってもいいかな？　話が合う感じなら、アッ

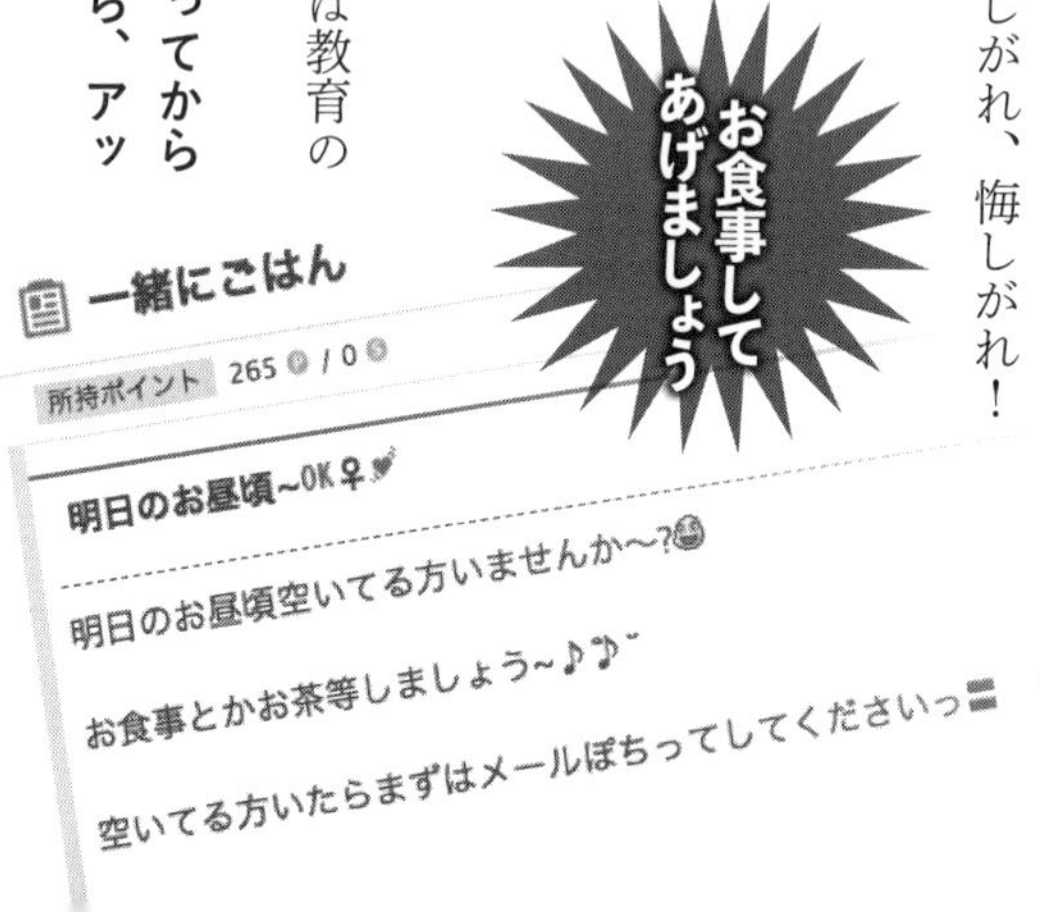
お食事してあげましょう
一緒にごはん
所持ポイント　265 / 0
明日のお昼頃~OK♀
明日のお昼頃空いてる方いませんか~?
お食事とかお茶等しましょう~♪♪
空いてる方いたらまずはメールぽちってしてくださいっ

プさせてもらうんで〉

それはもちろんエロに応じてくれたらってことだが…。

〈わかりました～。ありがとうございます〉

おびきだせたぞ。ガツンとカマしてやりましょう。

翌日、上野駅の待ち合わせ場所に立っていたのは、きゃりーぱみゅぱみゅを黒髪にしたようなかわいい子だった。10代の割には落ち着いた印象だが…。

「こんなふうに年上の男とご飯を食べにいくことってよくあるの？」

「サイトでは3回目ですかね」

「サイトでは？」

「あっ、私、メイド喫茶でもバイトしてるんで」

客と店外デートをしてるってわけね。そして小遣いをもらってたりするってか。でも今日はそうはいかないよ。

駅を出て歩き出す。

「ちなみに、いつもご飯ではどれくらいのお小遣いをおねだりするの？」

「こちらからいくらって言うのはなくて、相手が気持ちよく出してくれる額をもらってる感じなんで」

「具体的にはどのくらい？」

「まぁ2とか。少なくとも1とか」

何だそりゃ!?

「…その単位って？」

「万ですよ」

さらっと言ってくれますなぁ。というか男、絶対気持ちよく出してねーし。いよいよムカついてきたんだけど。


「かけそばにしようよ。トッピングとかはなしね？」


では、そんな図々しい神経をブッ壊してやりましょう。今までどんなメシ屋に連れて行ってもらったか知らないが、今日はここだ。

「じゃあ、そこの富士そばにでも入ろうよ」

「そばですか…」

オレと富士そばを交互に見ている彼女。何か言いたそうじゃん。

「…何だか混んでそうだし」

いやいや、2人くらい入れるだろ？　ほら行くよ。

ずんずん入っていくと、一応、彼女もついてきた。じゃあ、何を食べるかも指定させてもらおう。

「じゃあ、どれにするか決めてあげるよ」

「あ、はい」

「かけそばにしようよ。トッピングとかはなしね？」

「……」

あれ？　ぱみゅぱみゅ似のかわいい顔が何だか曇ってきたじゃないか。もしかしてイラついてきたかな？

テーブルに並んで腰かけ、そばを食べ始める。

「おいしい？」

「…まぁ、はい」

歯切れが悪い返事だな。そんなリアクションされたら、何だかオレがケチでトッピングつけなかったみたいじゃん。もちろんオレだって仮にエロありデートなら、かき揚げ

でもコロッケでも何でもつけてあげるけど。

彼女の箸が止まった。

「あー、もうお腹いっぱい。私の分も食べますか？」

おいおい、半分も食べてないじゃないか。おごってほしいと言っておきながら、この態度ってどうなの？

ならばこちらもストレートに伝えてやろう。

「もしかして、トッピングつけてほしかった？」

「…いや、別にそういうわけじゃないんですが」

「でも、天玉そばにしたら470円とかになって、それじゃあ、こっちがお金を使い過ぎになっちゃうんだよね」

「……わかりました」

あれ？ まだ説明の途中なのに納得しちゃったぞ。何だかウダウダ言ってるけど、さっさとメシを終わらせてお手当をもらおうって魂胆じゃね？

ただ、お手当については、

途中で箸を止める女であった
店主

こっちだってうやむやにするつもりはない。きっちりする。言いたいことがあるし。

店を出たとろで切り出した。

「じゃあ、今日はありがとう。言ってたお手当なんだけど。会ってから決めるってことになってたじゃん」

「あっ、はい」

「その前に、さっき説明し切れてなかったんだけど、ご飯だけのデートの価値って、せいぜい300円なんだよ。つまり、かけそばの値段」

さあよく聞けよ。その根性を叩き直してやる。

「だから、お手当は10円ってことで」

ポケットから10円玉を取り出して差し出す。ちょっと間があく。状況を理解した彼女が睨みつけてきた。

「こんなこと言われたの、初めてです！」

「いやいや、かけそばと併せて310円、それが正当な価値だから。ほら10円あげるよ」

「いりません！」

彼女は逃げるように去っていった。ま、これに懲りて二度と調子こいた募集をしないだろう。

手相占い師〝G座の母〟のインチキを暴く

カワイコちゃんが特殊メイクでブスになっても同じ鑑定をするのか？

月刊『裏モノJAPAN』2016年4月号掲載

東京・銀座に「G座の母」という手相占いのバアさんがいる。50年以上の鑑定暦を誇り、よく当たると評判の人物だ。

頻繁にテレビにも出演しているため、芸能人を占っている姿をたまに見かけるが、その物言いは実にあいまいな印象だ。

「離婚の相がある。色関係には気をつけなさい」

「中指が薬指に寄っている。アナタはお母さんのほうが好きでしょ?」

「小指の付け根と感情線の間に横線がいっぱいあるから出会いが多いね。スケベだよ」

手相なんてもんはタダの手のシワであって、未来など絶対にわかるわけないと裏モノJAPAN編集部は考える。G座の母も、表情や会話のはしばしから何に悩んでいるか推測し、いかにも当てはまりそうなことを言ってるだけだろう。

こういう人物を我々は許さない。

そこで今回は、彼女に次のような検証を行ってみたい。

①まず、協力者のカワイイ女性が占いへ向かう

②翌週、同じ彼女が特殊メイクでブサイクな顔になり、再び足を運ぶ

③1回目と2回目の予言を比較する。手のシワに変化はないはずだから、占い内容は完

全に一緒になるべきだが、もし違えば…

人を見かけや会話で判断し、あーだこーだ占う手法であるならば、1回目と2回目では別のことを言ってくる可能性は大だ。

合コンや飲み会の出会いは強姦されてオシマイ

日曜の午後、銀座駅前で、今回の協力者女性のユカ（23歳）と合流した。

「じゃあ今日は普通に今のままの素顔で行ってきて」

彼女に鑑定料4500円を渡し、いざG座の母の事務所へと送り出した。

2時間後、ユカが戻ってきた。最初20分くらいは手相を見ず、生年月日による運勢鑑定というカタチで、

↓あなたはガンコもん

↓黙ってきいてるようだけど、内心まったく無視してる

↓すぐに人に頼る

↓衝動買いの気がある

といったダメ出しをしてきたようだ。ま、誰にでもあてはまるような内容だが、手相

よりもさらに眉ツバな生年月日占いなので、これは無視しよう。

「手相を見られたときは、18歳から22歳までに出会った人がいたでしょ？　って訊かれたんです」

「何て答えたの？」

「付き合ってはいないけど、出会った人はいたんで、ハイって答えました。そしたら、今も連絡を取ってるかと聞かれて…」

探りを入れてきたようだ。

「たまに連絡取ってますって答えたら、その人が運命の人だから結婚しなさいって言われました」

その男、ただ本当に職場で出会っただけで、恋愛感情は微塵もなく、現在の連絡もあくまで友達としてのものだ。

「今後の出会いは全部ダメだって。合コンや飲み会の出会いは、強姦されてオシマイと

まずはいつもの顔で観てもらいましょう

も言われましたよ」

強姦とはまた下品なことを言うバアさんだ。この予言、「たまに連絡を取ってる」という答えが出てきたので、運命の人に仕立て上げただけだろう。

【1回目の占い】

★18〜22歳に出会った男性が運命の人
★その他の出会いは、すべてダメ
★合コンや飲み会での出会いは、強姦されてオシマイ

今後の出会いは全部ダメだそうだ

いかにも幸薄そうなブスが出来上がった

1週間後の日曜、ユカと共にメイクスタジオへ向かった。テレビ番組のコンテストでも優勝経験がある達人に、別人メイクを施してもらうためだ。

「どんな感じにしましょうか？」

「すっごいブスにしてください」

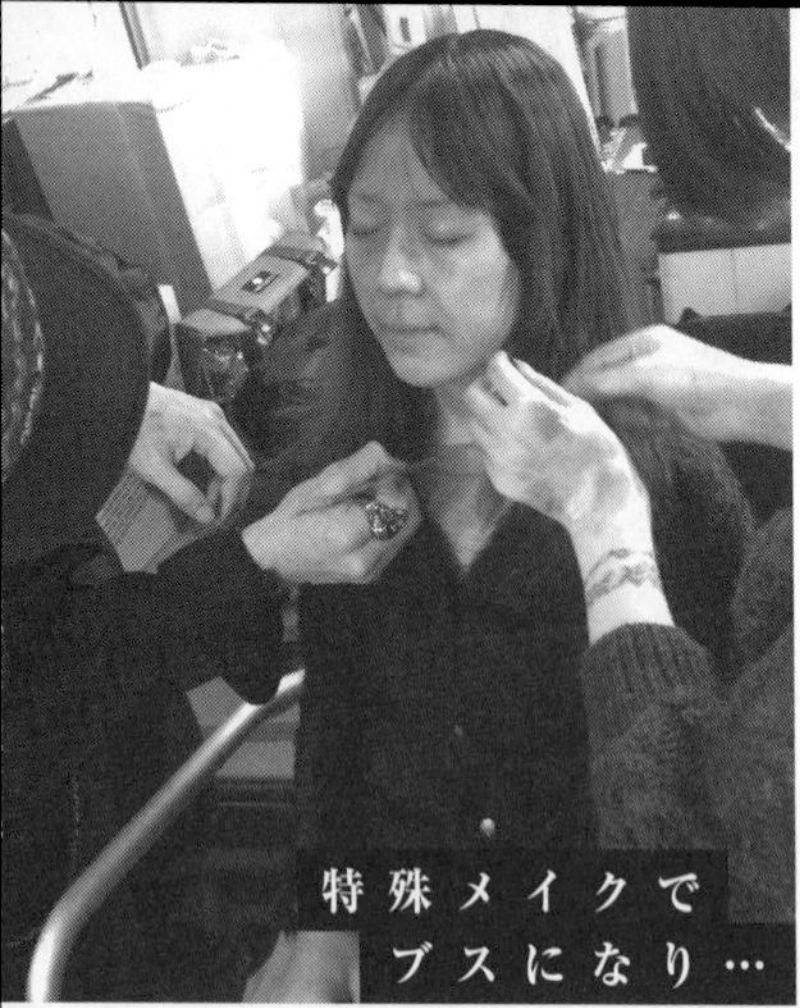

かわいいユカの顔が、どんどん醜くなっていく。目をはれぼったくし、髪をパサつかせ、歯も汚し、安っぽいメガネをかけてオタク臭も出す――。

1時間後、いかにも幸薄そうなブスが出来上がった。まず前回と同一人物だと勘づかれることはないだろう。

では、2回目の占いへ突撃だ。今回は付き添い役&ツッコミ役としてオレも一緒に行くとしよう。

事務所の待合室には、芸能人と一緒に写ったG座の母の写真が大量に貼られていた。一般的にウサン臭い人間ほど権威に頼りがちだが、まさにそんな感じですな。

待合室。ずいぶん人気があるようだ。チッ

奥の部屋からバアさんらしき女の声がボソボソと聞こえてきた。先客の鑑定が行われているようだ。

「あなたは、意外とガンコ。自分でもわかってるでしょ?」

ユカのほうを見る。

「そうです。私が言われたのコレです」

全員に同じようなことを言ってるのだろうか。ガンコなんて誰にも当てはまるだろうし。にしても、こうして待合室まで声が漏れているってことは、オレたちの鑑定でもそうなるわけか。インチキを暴いたら、後ろの客は全員帰っちゃうかもな。

まもなく「次の方どうぞ」と呼ばれ、順番が回ってきた。張り切って参ろう。

奥の部屋に入ると、G座の母が座っていた。

「どっちが占いたいの？」

「…この子です。ぼくは兄なんですが、付きそいで来まして」

バアさんはユカを見つめている。バレてはいないようだが…。

「この子、ウツじゃない？」

「…ウツではないと思います。ま、大人しいほうではありますが」

オレが適当に応じたところ、バアさんが声を荒げた。

「かばうんじゃないよ！　私は霊感強いんですよ。ウツの人を見たら、バーンと頭に入ってくるんですすよ」

初っぱなから眼力を見せつけようと、ボロボロ顔に着目してカマしてきたのか。でもこれ、特殊メイクだからね。

ブスだからおかまいなしってか

　バアさんは、ユカに年齢や生年月日、職業を聞いてから、〝星〟についてどうのこうの書いている本を開いた。

「あなたの星は、小栗旬や森星《ひかり》（モデル）と一緒のタイプ」

　難しい表情でページをめくっていく。

「仕事は技術系だから、料理は向いてるわ」

「…そうなんですか」

「でもアナタ、意外とガンコ。素直に聞いてるフリして、何も聞いてない。自分でわかってるでしょ？」

　これが例のダメ出しか。

「衝動買いをよくする。自己破産、注意。カードは何枚持ってる？」

「…1枚です」

「持ちすぎないように。言っとくわよ」

「はい」

「依頼心も強いわ」

このあたり、前回とまったく同じ流れだが、本を見ながらの生年月日占いだから、同じになって当然である。

「…そうでもないとは思うんですが」

「いや、そうなのよ。だからこうやってオニーさんに頼んでついてきてもらったんでしょ？　あなたは勝手気ままに生きてる」

有無を言わせずって感じだ。ブスだからおかまいなしってか。

「でも、今日は僕が望んでついてきただけなんで」

バアさんがギロリと睨んできた。

「私が話してるんだから、余計なこと言わないように。どいてもらうよ」

「…いや、ただ僕は…」

「オニーさんはガンコだからな。ぱっと見てわかる。兄姉そろってガンコ」

…まぁ今はのさばらせておこう。あとでギャフンと言わせてやるからな。

「18歳から22歳、この線は鼻くそね」

ダメ出しが15分ほど続いたところで、ようやく手相鑑定が始まった。

「悪い線は入ってないね。シワシワがない」

虫眼鏡でジーっと眺めてから、ユカに尋ねる。

「いま、好きな人はいるの？」

「いえ」

「23のころに線があるんだけど」

ん？ そんな話は前回出てないハズだぞ…。

ユカが尋ねる。

「私、いま23なんですけど。ってことは今年中に出会いがあるってことですか？」

「もしくは、過去に好きになった人はいない？」

「…うーん」

質問を質問で返されたユカはどう答えていいかわからないという表情を浮かべ、ぼそりと呟いた。

「…ぱっと思い浮かぶ人は特には…」

「ふーん。18歳から22歳にちょこっと片思

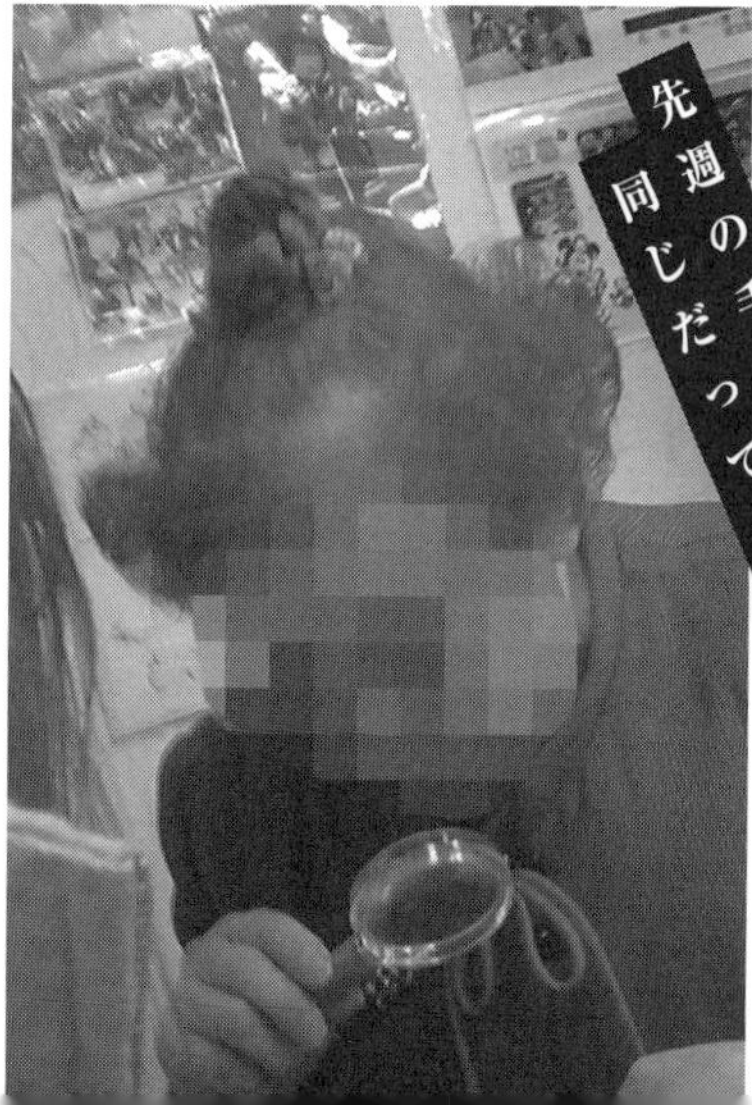
先週の手相と同じだってわかるかな～？

いの目が出てるんだけど、この線は、鼻くそね」

「…18歳からのやつがダメってことですか？」

「そう」

きた！　前回と話が違いますよ！

「鼻くそだから23の線だと思ったけど、それも（運勢が）下がってるし、あまりよくない」

「…じゃあ、将来的にはどうでしょうか？」

「ないね。あなたは特別いい結婚線がない。25もダメ、28から30はもっと下がっている。アナタは、恋愛ではいい人が出て来ない。合コン、飲み会に行くしかないよ」

ほぉ、合コン飲み会ですか！　前回は強姦されるって言ってたクセに！

「でもね、おばちゃんのほうが下がってるからわかるんだよ。あなたはこうやって優しいお兄さんもついてるし、大丈夫チャンスはある」

何だかキレイにまとめようとしているが、ちょっと待て。ここからが本番なんだぜ、バアさんよ。


【2回目の予言】
★18〜22歳の出会いは、鼻くそ

★他の出会いはダメ
★合コンや飲み会での出会いに期待せよ

「先週の占いと、今日とでは結果が違うんですよ」

バアさんが満足そうにしゃべり終えたところで、オレはユカの素顔写真を取り出した。

「すみません。ひとつ伺いたいことがあるんですけど、このコを覚えてませんか?」

「誰なの?」

覚えてないようだ。

「先週、こちらで手相を見てもらった子なんですが、この彼女と、同一人物なんですよね」

「……」

素顔の写真とユカを交互に見つめているバアさん。ふふっ、ビビってるぞ。

「で、先週の占いと、今日とでは結果が違うんですよ。どういうことなんですか?」

「…はぁ」

何を言われているのかわかってないようだ。ちゃんと説明してやろう。

「前回は、18歳から22歳の間に出会った人が運命の人だと言われたんですよ」

「……だからさっき、過去に好きになった人はいなかったか訊いたじゃないの？」

バアさんがユカを見る。

「本当はいたの？　いたのにいないって言ったの？」

「その時期に知り合った人はいます」

「…連絡は取ってるの？」

「はい」

言っとくけどそれ、好きになった人じゃないからな。知り合った人だからな。

「じゃあ、その人でいいじゃないの。アンタらもヘンなこと言うわね！」

何だその切り返しは。反論になってないって。

「ヘンなのはそっちですよ。さっきまで鼻くそと言ってたのに、いま話が出た途端、その人でいいって。結局、手相なんか関係なく、テキトーなことを言ってるんですよね？」

「適当じゃないわよ。だから私は最初から23って言ってるじゃないの」

「23？　どういうことですか？」

「18歳から22歳の時期に知り合った人と連絡を取り合ってるんでしょ今。23じゃないの。ほら、合ってるじゃないの」

なんて屁理屈だよ！

「でも、前回は23の話は一切出てませんよ」

「それは、愛情線と結婚線と違うからよ。ほら、ちょっと見せて」

バアさんがユカの手を摑んで、ボールペンでぐりぐりなぞりだした。

「ほら、ここ、23歳の結婚線がちょっと下がってる。だから決定的なことは言えないと思ったのよ。でも、連絡を取り合ってるなら、上手く進んでるんでしょ？　それで合ってるじゃないの」

バアさん、「連絡を取り合ってる」という意味を拡大解釈して、恋愛に発展させたいようだが、その「連絡」ってのは、ただの友達としてのそれだから。

ま、それにしてもさすがベテラン占い師だけあって煙に巻くのは上手いな。


「絶対ねーから、ねーから、ねーから」


では、合コンの件はどうゴマかすのかな？

「もう一つ疑問がありまして。今回は合コンや飲み会に行ったほうがいいって言いましたよね？」

「23歳の線がダメならね。でも出会いがあるんでしょ？　だったら行く必要ないよ」

「でも、もしダメになったらいけばいいですね？」

「そうよ」

言ったな。言い切ったな！

「でも前回、アナタみたいなタイプは、合コンに行くと、強姦されるって言ったんですよ」

「言ってねーから」

シラを切るのか！

「それが言ったんですって」

「絶対ねーから、ねーから、ねーから」

ダダっ子のように首を振るバアさん。そのとき、背中から声がとんできた。

「おにーさん、もう帰ってよ！」

振り向くと、オッサンのスタッフがすごい剣幕で睨み付けている。

「うちの先生が、強姦なんて言うわけないじゃないか」

ヒートアップしてきたな。こちらも引く気はないぞ。

「言ったんですよ。それに占い自体も適当ですよね」

合コンや飲み会に行けばいいんだって。強姦されるんじゃねーのかよ！

「適当じゃない！　うちの先生はね、有名な方もたくさん見られてるんだ」

「有名人を見てるかどうかの話は関係ないでしょ」

「あなた、失礼だろ！」

いまやつかみかかろうとせんばかりの雰囲気のオッサン。一方、バアさんは、ユカに向かって何やらゴチャゴチャ言い出した。

「あなたね、連絡してる相手を大切にしなさい。24までに進展がなければ、合コン飲み会。でもそれじゃなくても出会いのチャンスはいろいろあるからね。大丈夫よ」

おいおい、今までの予言をすべて否定するような、すげー普通過ぎるアドバイスになってんじゃん。さすがはキャリア50年の占い師。うまく丸めこもうってか。

「やっぱりアンタ、適当に言ってるじゃないですか！」

バアさんが頭を抱える。

「あー、うるさいうるさい。もう頭痛くなってきた。お金返すんで、帰ってちょうだいよ」


読者のみなさん、以上を読んでどうお思いになられたろうか。これでもまだ手相占いなんてものを信じられるだろうか。ちなみに例の「強姦」と言った言ってない問題については、こちらには確たる自信がある。初回の録音音源があるのだから。

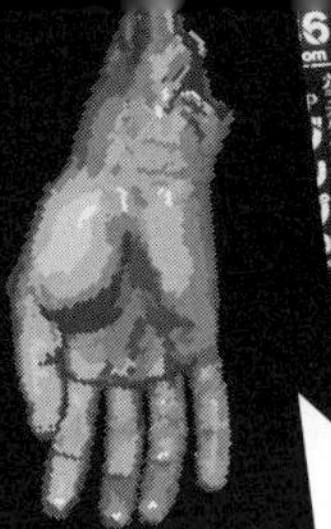

東京 上野

中央通り
「広小路交差点」
あたり……

月刊『裏モノJAPAN』2012年2月号掲載

ぼったくりピンサロを許すまじ!!

東京・上野で酒を飲んだあと、中央通りの「広小路交差点」あたりを歩いていると、ある風俗店の立て看板を見かけた。

看板には割引チケットが貼ってあり、値段も安そう。ちょっと入ってみようかな。と、そのとき一人の客引きが寄ってきて妙なことを言った。

「私はこの店の人間じゃないんだけど、ここは気をつけたほうがいいですよ」

気をつけたほうがいいとはどういうことだろう。

後日、その店をネットで調べてみたところ、ボッタクリ被害が続出してるピンサロだった。ネットによると、上野広小路界隈には、悪質ピンサロが4店あるらしい。

✖……ス●ャンダル

✖……ピュア●ール

✖……華●そび

✖……チャー●メイト

4店舗は系列でボッタクリをやってるとか。

2000年のボッタクリ条例施行以降、悪質風俗店は減りつつあると思ってたのに、未だこんな店が幅を利かせてるなんて。許せん！

うちはお客さんにコースを選んでもらうわけ

平日。夜9時。

上野駅から5分ほど歩き、広小路交差点へ。中央通りを裏手に回り、目的のエリアにやってきた。例の4軒の看板が見える。まさにボッタクリ密集地帯だ。

ス●ャンダルの男スタッフが声をかけてきた。

「どうぞー、今の時間だと40分6千円で入れますけど」

6千円ね……。ま、ここは深く確認せず入ってみよう。

受付で6千円を払って中に入った。店内はカーテンで仕切られた個室がいくつか並んでおり、その一つに通される。やってきた女は、目を疑うようなババアだった。牛ガエルみたいな顔と、でっぷりとした腹。ひ、ひどすぎる。

周辺には客引きがいっぱい

「おにーさん、うちは初めて？」

「…はい」

「上野ではよく遊ぶの？」

「…あんまり」

牛ガエルババアの目がギラギラ光っている。

「じゃあ、全部服を脱いで」

言われたとおり全裸になり、ソファに仰向けで寝転んだ。ババアは脱ぐことなく、何かゴソゴソやり始める。

ん？　んん？　チンコを触ってきたぞ。って、コンドームをつけられてんだけど!?

「何ですかこれは？」

「あ、そっか、おにーさんこの店初めてなのよね」

「は、はい」

「うちはね。お客さんにコースを選んでもらうわけ」

「……はあ」

「ちょっと待ってね。今見せるから」

取り出してきたのは、とんでもない料金表だった。

1万5千円……スタンダード

2万円……VIPコース

2万5千円……プラチナコース

3万円……スペシャルコース

5万円……超スペシャルコース

「質問されたら自分も答えたんですけど」

牛ガエルババアがニタ〜と笑って続ける。

「おにーさんはどういうプレイがしたいわけ？」

「…うーん」

「やっぱり触ったりしたいでしょ。だったらプラチナコース以上を選んで」

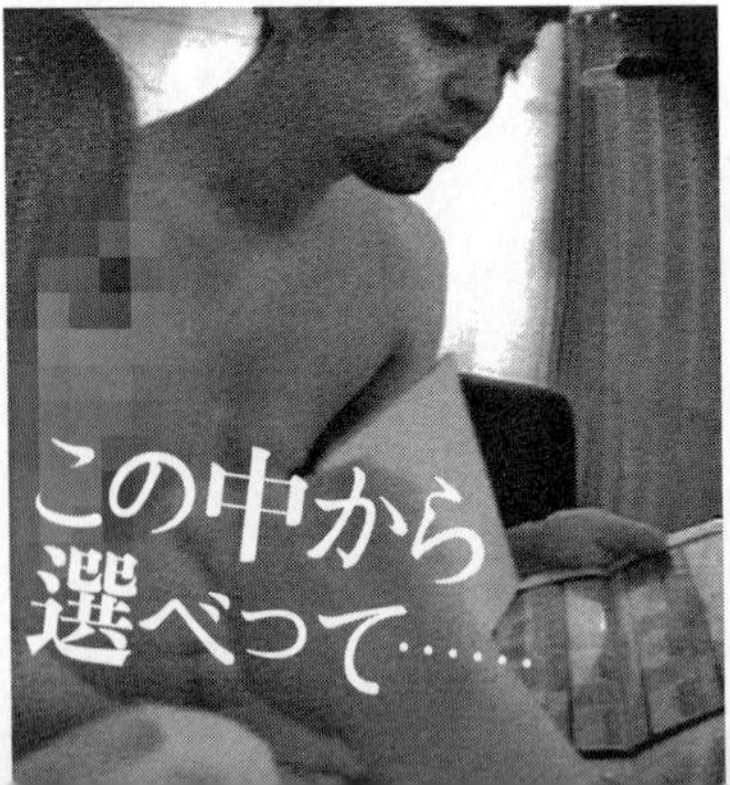

「…てことはプラス2万5千？　最初に6千円払ったから合計3万1千ってこと？」

「うちはイメクラなんでこれくらいの金額になるの」

聞けば、1万5千円と2万円までは単なるフェラ抜き。2万5千円で上さわり、3万円で下さわり、ようやく5万でオールヌードのヘルスサービスらしい。

「じゃあ、最初の6千円だけだと、どんな感じなの？」

「これだけかな」

牛ガエルがチンコをちょこちょこ触ってきた。

「つまりゴム手コキってこと？」

「そうなるね」

怒りがふつふつと沸き上がってきた。そうなるね、だと？　はぁ？

「ざけんな！　店の人間を呼べよ！」

ババアは引っ込み、すぐに男スタッフがやってきた。

「どうされました？」

「へんな料金表を出さないでよ。店に入るときにちゃんと説明してよ！」

「……お客さんから訊かれなかったんで。質問されたら自分も答えたんですけど」

言うわ言うわ、いけしゃあしゃあと。もういいや帰ろう。

男スタッフとの話を打ち切り、あきれ返って帰り支度をしていたら、再びババアがやってきた。

「おにーさん、帰んの？」

「あたりまえだろ」

「何なのあんた、冷やかし！」

ババアはこちらを睨むと、オレの服を摑んで投げつけてきた。何て店だよ！


「うちは高級店ですし。かわいい子しかいないんで」


お次はピュア●ールへ向かった。入り口にいたスタッフに声をかけると、システムは40分6千円だと言う。系列店で料金を揃えているっぽい。

「一応確認ですけど、ヌキの店ですよね？」

「そうですよ」

顔色一つ変えずにそう断言したスタッフは、受付で女の写真パネルを指さした。

「指名はしますか？」

はぁ？　指名写真なのにモザイクが入ってるじゃん。どうせアカの他人なんだろ。フリーでいいよ。6千円を支払って個室で待っていると、ヒドイしゃくれのブスがやってきた。

流れはさっきと同じだった。全裸でソファに寝転がるや、いきなりコンドームをつけられて、手でちょんちょん。

出た！　また料金表が出てきやがった！

「うちの店は、コースを選んでもらうことになってるんですけど」

「……これって選ばなくちゃヌケないの？」

今回は入り口で「ヌキあり」だとちゃんと確認してきた。ふふ、オレもお馬鹿ちゃんじゃないんだぜ。

「ヌケないってわけじゃないけど、今のままだと相当つまらないと思いますよ。これだけですし」

しゃくれがチンコをちょこちょこ触ってきた。

「ひどいサービスだね。ていうか、このコース料金も高すぎじゃない？」

「うちは高級店ですし。実際ここの女の子って、かわいい子しかいないんで」

しゃくれの口からこんなセリフが出てくるとは！　コントか？　コントをやってんのか？

怒って男性スタッフを呼びつけたところ、こいつの論法がまたすごかった。

「お客さまはフリーで入られましたよね？　フリーのお客様には女の子がついてからじ

ゃないと、具体的な説明ができないんです」
店を飛び出した後、ちょっと離れた場所で缶コーヒーを買い、あたりの様子を観察した。
何人もの男がボッタ店に引きずり込まれている。店から出てきたばかりのサラリーマン3人に話しかけると、みなさん2万以上奪われていた。

「あんたの普通ってのが世の中の普通か?」

ボッタ店はクレーム慣れしてるのか屁理屈がうまいが、こちらも引き下がってばかりいられない。次はとことん食い下がってやろう。

3軒目は華●そびだ。雑居ビルの地下の店には、ガラの悪いオッサン店員がいた。料金は40分6千円。「ヌキの店ですよね?」と、オッサンに確認してから入店したが、例のごとくブサ女が現れて料金表を持ち出してきた。まったく同じ流れだ。

女に文句を言って、受付のオッサンを呼ばせる。さあ、行くぞ。

「どうされました?」

オレの目の前にしゃがむと、オッサンは頬杖をつき、こちらをジロリと睨んできた。

3軒目もまたデブが
選んでくださーい

「あんな料金表を出してくるなんておかしいでしょ？」

「あれはお客さんに強制してるもんじゃないので」

「いやいや、強制うんぬんじゃなくて、後から出してくること自体がおかしいでしょ？」

オッサンはいったん間をおき、壁の貼り紙を指さす。

「あそこを見てよ。貼り紙に〝女の子主導の店〟って書いてあるでしょ？　あの貼り紙は入り口にも貼ってあるんだけどね」

「…それが何か？」

「うちはね、この個室を女の子に貸してるわけ。女の子はそれぞれが個人でサービスをしてるわけ。女の子主導の店というのはそういう意味なわけ」

「……」

「だから私が入り口で説明する必要ないでしょ、女の子が個人的にやってることを」

「でも普通は……」

どう切り返したらいいかわからず、言葉につまった。するとオッサンはここぞとばかりに揚げ足を取りに来た。

「普通って何？　うちも普通に営業してんだけど」

「普通じゃないでしょ」

「あんたの普通ってのが、世の中の普通か？ 違うだろ。言葉選んでしゃべってくれよ」

オッサンは、ぬぅ〜と顔を近づけてきた。

「あんたさぁ、そうやってガーとくるなら、こっちもガーといくことになるよ。上で話するか？」

上ってどこだよ？ 事務所でも連れていこうってか。路上でケンカでもしようってか。

お互い顔を近づけたまま沈黙が流れた。ううっ、胃が痛くなってきたぞ。このへんで逃げとこっと。

手コキ40分でイカせてみろや

オレはまだあきらめていない。最後の店、チャー●メイトでは、何とかして一泡吹かせてやりたい。

受付で料金40分6千円を払って個室へ入ると、エラの張った大顔に小さな目ん玉の、ヒラメみたいな女がやってきた。

流れは全く一緒だった。コンドームをつけた後、料金表を取り出し、ナメたことをのたまってくる。

「6千円でもヌケはするけど、ゴム付きだし、手だけになりますけどいいですか」

また店員とあーだこーだやりあっても仕方ない。最後は、じゃあゴム手コキでイカせてみろよ作戦としよう。40分で満足させてもらおうじゃないか。

「手だけでいいんですか？」

「いいよ」

「本当にいいの？　私フェラは自信あるんですよ」

何とかして金を引っ張ろうと、相手も必死だ。最終的にはスタンダードコース1万5千円を、5千円に値下げしてくれるとまで言ってきた。

「安くされたって無理だって」

「5千円くらいあるでしょ？」

「ないから手でやってよ」

「本当に手でいいの?」

問答の末、ようやく女はチンコをシゴキ始めた。ふっ、こんなもんでイケるわけがない。

「ぜんぜん気持ちよくないわ」

「……」

「なんだよ、この手コキ」

「……」

女はふてくされてる。もうすぐ30分だぜ。どうだ、40分でイカせてみろや。

と、そこで女が予期せぬ行動に。ゴムをはずしてローションをぶっかけてきたのだ。まさか、こちらの狙いがバレてる? 不意なニュルニュル攻撃に、チンコが硬くなってしまった。やばい、負ける! ヒラメのブサ顔を凝視して興奮を鎮めるも、ニュルリンのパワーが押し返してくる。うー、負けた! 不覚!

射精したからといって許せるわけでは断じてない。上野に遊びに行かれる方は、文中の4軒には近寄らないように!

日本一の地雷フーゾク嬢 あいか

197：名無の素人童貞：2014/04/03(木) 21:21:19
[redacted]ってのは、渋谷[redacted]で[redacted]と名乗ってた伝説の自意識過剰地雷嬢だよ。
ブサで性格悪すぎて色々な所へ転点虫してるから危うく入りそうになった事がある。
渋谷、新宿、錦糸町、そしてデリと色々な所に出没するから気を付けた方が良いですよ。

198：名無の素人童貞：2014/04/04(金) 02:06:51
[redacted]入ったけど猿顔で萎えた。

セントウ 90分1本勝負

編集部

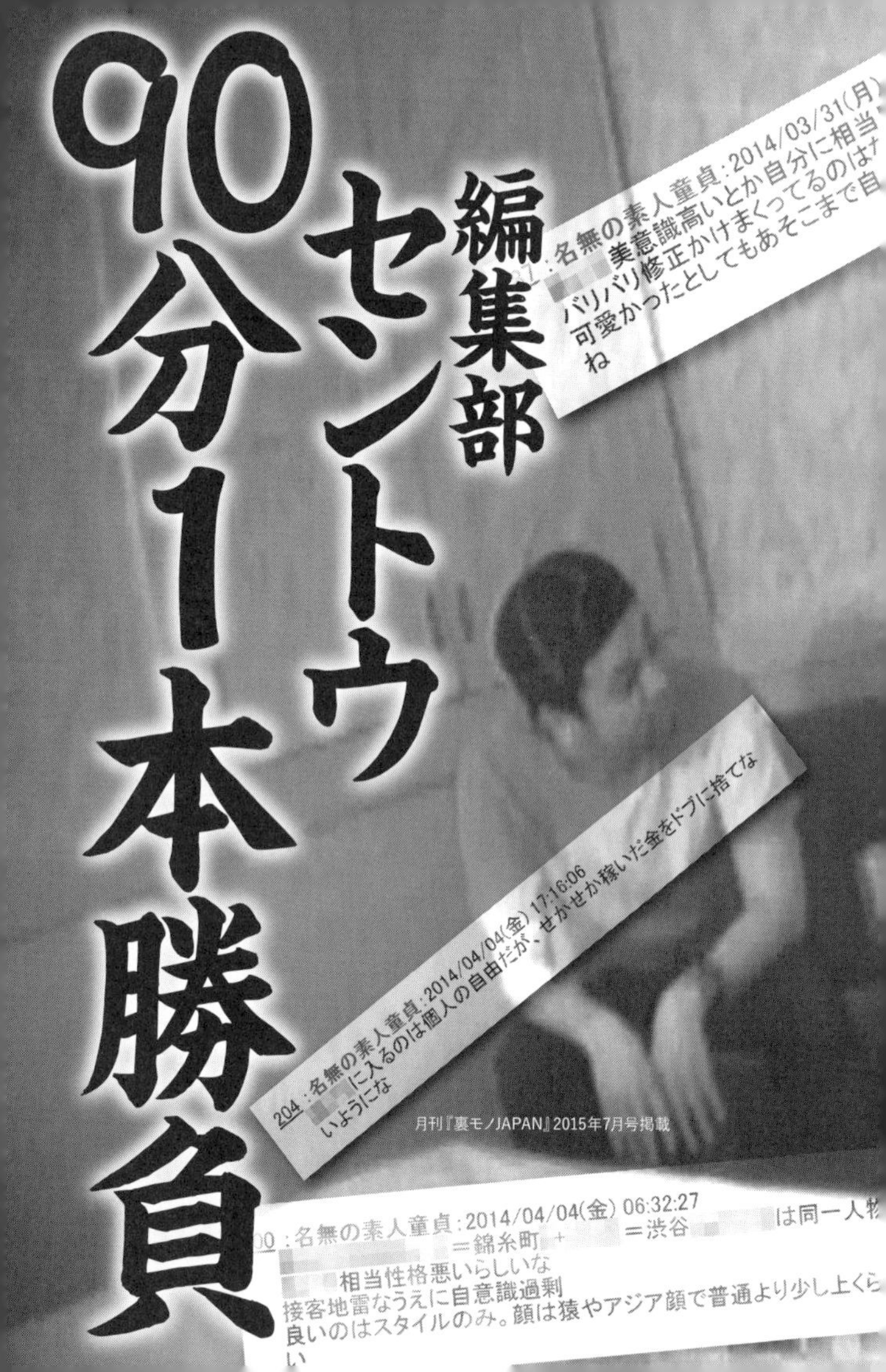

月刊『裏モノJAPAN』2015年7月号掲載

『伝説の地雷嬢』と呼ばれるデリヘル嬢がいる。風俗情報交換掲示板によると、とにかく接客態度が悪い女で、働く店働く店で悪評が立っている。

⚠自分勝手で客を満足させる気がサラサラない
⚠NGプレイが多すぎる
⚠手抜きサービス
⚠遊んでみるのは自由だが、金をドブに捨てるようなもの

故に、どこのデリヘルに入っても長く働けず、あちこちの店を渡り歩いているとのこと。現在は新宿のデリヘル『B』(イニシャル)に『あいか』(仮名)という名で在籍しているらしい。

Bのホームページのプロフィールを見ると、年齢は20歳、写真は美人ギャル風だが、いったいどんなキャラなんだろう。恐いモノ見たさで指名してみよう。

「本当はもう帰りたかったんですけど」

日曜の深夜、新宿の安ラブホからBに電話をかけた。

「これから遊べますか？」

ホームページのシフト表で、あいかの出勤は確認済みだ。

「あいかさんってコが気になるんですけど」

「いい娘ですよ」

ホンマかいな。噂が本当なら店にクレームの一つや二つは入ってそうなんだけど。

伝説の地雷っぷりをじっくり味わうためにあえてロングコース（90分・3万円）で指名。待つことしばし、部屋のインターホンが。

「Bの者です」

ドアの前には、スタッフの男が立っていた。その後ろには色黒の女が…。

こいつがあいかか。目鼻立ちはハッキリしているが何かかわいくないネーちゃんだ。場末のフィリピンパブのホステスのような雰囲気というか。プロフィール写真は修正しているようだ。

スタッフが代金3万円を持って帰っていくと、彼女が部屋に入ってきた。

「意外とキレイですね。このへんのラブホってボロいところが多いから心配だったけど」

いきなりひねくれた物言いが登場した。

「今日はオレで何人目？」

「3人目」

「おつかれさまだね」

「本当はもう帰りたかったんだけど。まぁ下着選んだりしてたからいいんだけど」

彼女がスマホを取り出し、通販サイトを見せてきた。

「このブラ、『写メ日記』用に買おうと思って」

「エロくていいじゃん」

「だけど風俗店のホームページって乳首見えてるとダメなんで。そういうの知らないでしょ、おにーさん」

何だかちょこちょこ毒を吐くな。でもオレは決してケンカするためにきたわけでない。

のっけからチクチク刺してくる

シャワーを浴びるために彼女が服を脱ぐと、大きな胸が飛び出したので、ちょっと褒めてみることに。

「いいオッパイだね。何カップ？」

「男ってそういうのよく聞くけど、何か好きじゃないんだよね。だからワールドカップで」

こりゃあ先が思いやられますな。

「私、止められるのはイヤなんだよね」

シャワーを浴び、先にベッドに寝転がった。さてどんなプレイをしてくれるのか。

出方を窺《うかが》っていると、彼女がカバンからローションを取り出し、おもむろにベッドに仁王立ちをした。

「…なにしてんの？」

「私、ローションつけて玉触るの好きなんだよね」

え!?　いきなりローションをぶっかけるや、太ももにまたがって手コキを始めた。

スタイルは悪くないが…。
胸の大きさを訊くと不機嫌に

「気持ちいい？」

「…まあ、そうね…」

スピードがグングン速くなっていく。下っ腹に熱いモノが込み上げてきた。ちょっと激しすぎだって。

慌ててチンコに手を伸ばすと、さっと払われた。

「私、止められるのはイヤなんだよね。止めるんだったら、自分で止めたいの」

「はぁ？」

「イキそうになるタイミングはわかるんで、ギリギリでちゃんと止めるから」

しかし、再スタートした手コキもやっぱり激しい。このままイカせようと

いう勢いだ。まさかこの女…!?

たまらず彼女の手を摑んだ。

「乱暴すぎだって」

「でも、風俗来てんだから攻められたいでしょ？」

「いや、待って。オレだって攻めたいし」

「そうなんだ…。じゃあクリちゃん触って」

彼女がオレの腹にまたがり、アソコを突き出してきた。…でも背中に手を回してチンコをシゴいているんだけど。

「あのさぁ、手コキはいったんストップしてくれない？」

「私、握ってないと興奮できないんだよね」

この女、ローション手コキでさっさとイカせようとしてるんじゃないの？


「うちらは体が商品なんだよね」


翻弄されるのはゴメンである。ここは何とか攻めてやろうと、力まかせに抱き付いた。

しかし、キスをカマそうとした瞬間、彼女がさっと顔をそむける。ばかりか胸もガードする。どういうこと？

「…何でダメなの？」

「ダメというか、おにーさん、無精ヒゲがあるから。ケガさせられそうだし」

「はぁ？」

「ケガっていうか、こういう仕事してると肌が荒れがちだから、ヒゲでチクチクされると絶対ニキビできるし」

「……」

「うちらは体が商品なんだよね。ケガして明日仕事ができなくなったら困るし。店にもヒゲの人は無理って言ってるし」

噂に違わぬ地雷っぷりだ。

店にもヒゲの人は無理って言ってるし
それなら目の前で剃ってやる

ならばと風呂場に行き、アメニティグッズの「T字かみそり」を取って戻る。

「じゃあ、今、剃るからさ」

「…でも、こういう安いホテルのやつってキレイに剃れないし。前にお客さんにアソコ剃ってもらったことあるけど、ぜんぜんダメだったし」

話しには応じず、どんどんヒゲを剃る。ツルツルになったところでアゴを突き出した。

彼女は苦笑いしている。

「…うーん」

「つるつるでしょ？」

「…じゃあまあ、胸を舐めるだけならいいよ。でもキスはちょっと…。乳首もやめて」

「何でよ？」

「昔、乳首を思いっきり引っ張られたことがあって、そのときキズがついちゃって。舐められると染みるんで」


「フェラって自分のやり方があるし」


アホらしくなってゴロンと横になると、彼女の手がチンコに伸びてきた。

「…手コキはもういいよ。フェラしてよ」

「ちゃんと舐めてよ」

マジで言ってるのかこいつは。

「フェラだけど？」

「何なのこれ」

下させているではないか。何を器用なことをやってんだよ！

コブシの上に口をのせてフェラっぽく見せているだけで、チンコに口をつけずに頭を上
あからさまに不満げな表情で亀頭をぐいっと握る彼女。次の瞬間、目を疑った。握り
「…そういうのいいから、早くくわえてよ」

「気持ちいい？」

「何やってんの？」

彼女がチンコを口元へ持っていく。なぜかアゴに亀頭をこすりつけ始めた。

何かまたホザいてるが無視だ。

ちゃうから、出ちゃうかもよ」

「いいけど。私のフェラは止まらないけどいい？　止めてって言われても最後までやっ
ちょっと間が空いた。まさかフェラがダメなんてことはないよな？

「フェラかぁ…」

一見くわえているっぽいが、亀頭を握った手の上に、口を置いてるだけ

「やってるつもりなんだけど」

「やってないじゃん！」

「そんなこと言われても、フェラって自分のやり方があるし。直せって言われてもわからないから」

こいつ、完全にナメてるな。

「じゃあさ、もうフェラはいいわ。パイズリしてよ」

「注文多いって！」

強い口調が飛んできた。いやいや怒りたいのはこっちのほうだよ。ん？　立ち上がってベッドの端に座ったぞ？　まさか仕事放棄か⁉

「1回ってのはもったいなくない？」

あいかは口からローションをぺっと吐き出し、天井をじーっと見ている。さてどうしたものかと思ってると、彼女が妙なことを言い出した。

「もしかして早くイカせようとしてるとか思われたかもしれないけど、…私の場合、お客さんが敏感そうな人だと思ったら、最初は手コキで早くやってイカせるようにしてるんだよね」

「はぁ…」

「まず最初に1回、その後じっくりもう1回。90分ってのは2回イカせることができる時間だから。そうすると相性があんまり合わないお客さんでも、2回イッたしいいかなぁと思ってもらえるじゃん」

もっともらしいことを言い出したぞ。

「おにーさんは、風俗はだいたいいつも1回なの？」

「…まあそうね」

「普通はみんな、2回イキたいって言うんだけど。1回ってのはもったいなくない？」

「じゃあ、わかった。とりあえず抜いてもらうよ」

負けた負けたという感じでゴロンと寝転がると、彼女が近寄ってきた。そしてぶっきらぼうに言う。

「じゃあフェラで抜いてあげる。でも、ローションがついた手でおっぱいとか触れると、かゆくなるんで、ちょっとそれはゴメンね」

つくづくムカつくなぁ。

でも情けないことにチンコはぐんぐん固くなっていく。まもなく絶頂がきて、最後は手で発射。彼女はさっさと風呂場へ向かっていった。


今、自分で鳴らしたんだろうが！


あいかはたっぷり10分くらいかけてシャワーを浴び、さっぱりした表情で戻ってきた。何はともあれ自分のペースで進んで満足しているようだが…、あれ、服に着替えようとしてるぞ。

「ねえねえ、2回目は？」

「今からはもう無理だよ。もう時間ないし。そろそろタイマー鳴ると思うし」

バカ言うな。まだ70分しか経ってないし。というか、最初にタイマーなんてセットしてるのを見てないんだけど。

彼女がスマホを取り出し、何やら操作している。

「あ、あと4秒だ」

その言葉通り、4秒後にアラームが鳴った。

「ほら、鳴った！」

鳴ったじゃないよ！　今、自分で鳴らしたんだろうが！

「90分ってのはスタッフさんにお金を払ってからの時間だし、意外と早いんだよね」

「でもまだ15分以上は残ってると思うんだけど」

そんな嘘タイマーに騙されるとでも思ってんのか。まだ時間はある。絶対に！

「うーん、2回目ってのはヤッたとしてもイキにくいじゃん。私、イケずに終わられるってのはすごくイヤなんだよね」

「へ？」

「だから最初にイッとけばよかったのに。おにーさんが阻止するから」

この女、くそムカつくわ！

そのうちに彼女はさっさと着替え終わり、ドアの方へ。

「まさかもう帰るの？」

「まだ帰らないよ。お話とかはできる時間あるし」

立ち話かよ！　ここまできたらもう笑っちゃいますな。

「…あのさ、キミ、こんな接客やってて、お客からクレームないの？」

「…別に」

「フザけすぎだよ、キミ。ぶっちゃけ、もう風俗嬢やめたほうがいいって！」

「そんなのオニーさんに言われる筋合いないじゃない！　私だって本当はこういう仕事やりたくないんだし。親が病気で治療費稼がなくちゃいけないから仕方なくやってるんだから」

ここにきて情に訴えてきたぞ。悪いけどまったく信じられませんな。

彼女はべらべらと家族の不幸話を続ける。片親のこと。実家の九州には毎月帰ること。ムカツクことにチラチラとスマホ

親が病気で
治療費を
稼がなくちゃ
いけなくて…

残り15分を立ち話でつぶされた

を見ながら。

きっかり89分になったところで、彼女がさっと入り口に向かって歩き出した。

「では、そろそろ帰りますね」

取り繕ったような笑顔でペコリと頭を下げると、ドアを出ていった。

『伝説の地雷嬢』の異名を持つだけある女だった。みなさん、くれぐれも引っかからぬように注意してください。

「今日はウソをついてもいい日だよ」エイプリルフールテレクラで割り切り2万女を20円で買えるか

月刊『裏モノJAPAN』2012年6月号掲載

4月1日。日曜日の昼下がり。自宅でゴロゴロしてるとき、ふとカレンダーに目がとまった。ん？　…今日はエイプリルフール。ウソをついていい日じゃん！

そう言えば去年はテレクラ女を引っかけたっけ。「3万でどう？」と持ちかけ、ホテルに入った後で「ウソだよー。ってことで3千円でよろしくね」と騙したアレだ。

残念ながらあのときは女に逃げられちゃったけど、作戦の狙いは悪くなかったと思

君が2万もらおうなんて甘い甘い!

う。今年もやってみようかな。

こんな女に誰が2万も払うかよ!

というわけで新宿のテレクラへ。個室に入り、女からのコールを待った。

一年に一度のチャンスなんだし、ババアをひっかけてもしかたない。年増はどんどんスルーしていく。

と、舌っ足らずな喋り方の女とつながった。

「今ぁー、新宿にいるんですけどぉ」

「いくつ?」

「28でぇす」

「今日はどんな人を探してるの?」

「ワリキリでぇす」

「そっかエンコーなんだ」

ふふっ。ターゲット見っけ。ちょっと考えたフリをし、間を置いてから切り出す。

「じゃあ、2万でどう?」

「お願いしまぁす」

弾んだ声が返ってきた。すんなりアポれてラッキーとでも思ってるのだろうか。今日が何の日かも忘れて。

待ち合わせの駅前へ向かうと、いかにもエンコー女っぽい不健康そうな感じの女が立っていた。

「…電話の子？」

「あ、そうですぅ」

チッ、こんな女に誰が2万も払うかよ！

「わかんないかなぁ。今日は4月1日だよ」

ラブホの部屋に入り、ベッドに座ると、女がニヤっと笑った。

「お金もらいたいんですけどぉ」

「あ、そうだね」

願わくば先にヤってから「2万なんてウソだよー」とカマしたかったけど、まあ仕方ない。とりあえず、財布から札を取り出すフリをする。

「はい、お金ね、どうぞ」

10円玉2枚を取り出し、女に渡す。

「20円ね」

「えっ？」

「2万円なんてウソウソ。20円で頼むね」

「意味わかんないんですけど」

「わかんないかなぁ。今日は4月1日だよ」

「……」

「エイプリルフール。つまりウソをついていい日。キミは引っかけられたの」

「……」

「てことで、今日は20円でよろしくね」

女の表情がみるみる強ばっていく。騙されたのが悔しいのか、こちらをキッと睨みつけてきた。

「悔しいのはわかるけどね、まあそんな目で見ないでよ」

「何なんですか」

「エイプリルフールに引っかかったんだからしかたないよね」

「……」

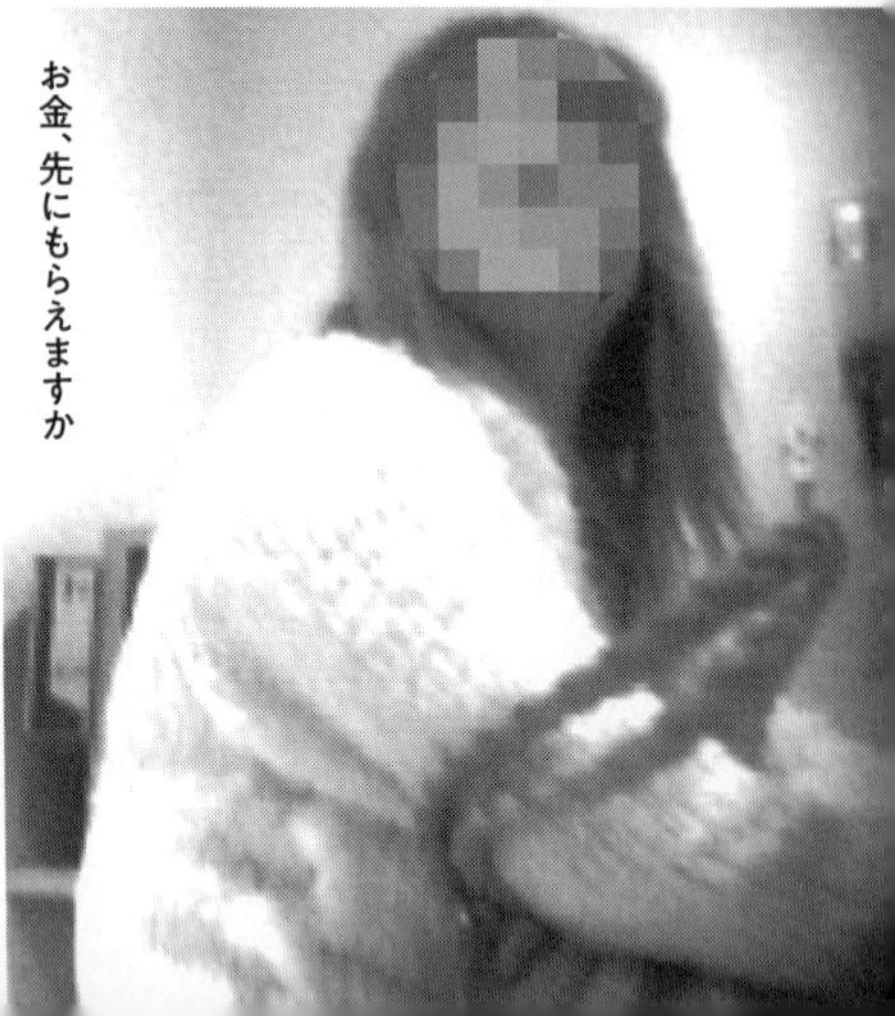

お金、先にもらえますか

「てことで20円ね」

「何なんですか！」

「だからエイプリル…」

「ホントに何なんですか！」

食い気味で語気が強くなった。何を逆ギレしてるんだろう、この人。今日がどういう日か忘れてた自分が悪いだけなのに。去年の女もそうだったが、テレクラ女ってのは行事の大切さをわかってないのが多いみたいだ。

君のウソは許すから、ぼくのウソも許さないと

しかし、こちらもすんなり引き下がる気はない。とことん食い下がってやる。

「ぼく、日付を確認できるようにちゃんとカレンダーを持ってきたんだよ」

「……」

「それからこのウィキペディアのコピーを見てよ。エイプリルフールの説明が書いてあるから」

エイプリルフールだから、2万なんてウソだよ。20円でよろしく～

「……」

どうだ。こうやって資料まで突きつけられると、もはや観念するしかないだろう。

相手の出方を窺ってると、彼女は無言で立ち上がり、出口に向かって歩き出した。待て待て、逃げるつもりか。

慌てて追いかけ、ラブホの前で呼び止める。

「ちょっと待ってよ」

「何なんですか！」

「引っかかって悔しいのはわかるけど、2万円が実は20円だったことは、素直に認めないといけないと思うよ」

「なぜですか？」

「なぜって、エイプリルフールはそういう日でしょ？」

「意味わかんないし」

「だったら、この資料を読めば…」

「もういいですから」

プイとそっぽを向き、女は逃げようとする。仕方ない。ここは少し譲歩してやるか。

「じゃあわかった。本当のことを言うよ」

「はぁ？」

「実は20円ってのもウソで、本当はちゃんとお金は払おうと思っていたんだ。てことで200円でお願いします」

彼女は何かを考えているのかちょっと間を置き、そして今日一番の剣幕で睨みつけてきた。

「警察呼んでいいですか！」

わーお、警察と来たよ。こんなイザコザに警察を呼ぶなんて、すごい度胸してますな。望むところだ。この際、どちらが正しいのか、お上に判断してもらうのもいいかもしれない。オレのほうが筋が通ってるんだし。

…ってあれ？　女が向こうのほうに歩いていく。

「おーい待ってよ。警察に行くんじゃないの？」

「行きませんよ、バカらしい！」

「え、じゃあウソってこと？」

「……」

「エイプリルフールだから？　じゃあ、ぼくのウソも認めないといけないよね」

「意味わかんないし」

「いや、だから、君のウソはウソで許すから、ぼくのウソも許さないとおかしいよね」

「……」

「ほら、200円あげるから、脱いで脱いで」

女は黙って去って行った。

来年こそはリベンジだ。

怒って帰りましたとさ

今年のエイプリルフール作戦はゴム約束での生ハメに挑戦! ホントに騙されたのはどっちだ?

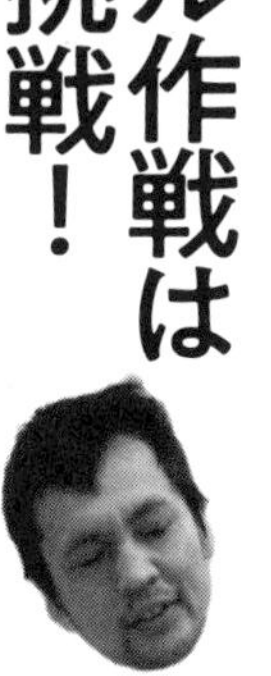

4月1日はご存じのとおり、ウソをついていい日、エイプリルフールだ。毎年オレはこの風習を、テレクラ援交女にカマしてきた。たとえば「お金を払うって言ったけど、あれはウソだから」ってな感じで。

今年は、「コンドームは着けるよ」と言っておきながらこっそりナマで挿入するという大ウソをかましてみたい。

ぽちゃさん登場

月刊『裏モノJAPAN』2013年6月号掲載

「ゴムは着けたほうがいい？」「ゼッタイお願いします」

4月1日、夜。池袋のテレクラへ。ひやかしコールを何本かスルーした後、一人のコと繋がった。

「こんばんは。おいくつの方ですか？」

「24です」

「ぼくはワリキリで会える人を探してるんだけど」

「私もそんな感じです」

「条件とかは？」

「ホテル代別で2万とかでどうですか？」

「イチゴーになんない？」

「…まあいいですよ」

すぐ下がった。てことは容姿は大したことなさそうだな。

「ちなみに、ゴムは着けたほうがいい？」

「はい、絶対お願いします」

「うん、わかったよ」

はいウソついちゃった。オレも悪いねぇ。

待ち合わせ場所には、けっこうなポッチャリ女が立っていた。ちっ。こいつかよ！

彼女が腕を引っ張って歩き始める。

「おにーさん、ホテル知ってます？ 私こういうことするの初めてなんで」

おや？ 何かヘンなこと言い出したぞ。

「でもキミ、イチゴーって意味知ってたよね？」

「あ、友達から聞いたんですよ。でも私はこういうことするのホントに初めてで」

何だそれ。見え見えのウソにもほどがあるんだけど。まさかこのコ、エイプリルフールに便乗してるんじゃないだろな。

入れ直すふりをしつつゴムをさっと外して……

ラブホに入ると、彼女は申し訳なさそうに切り出してきた。

「お金1万5千円お願いできますか？ あ、5千円のおつりとかありますよ」

やっぱエンコー経験ありまくりでしょ、このコ。しかも風呂ではこんなことまで言う。

「後ろ向いてください。洗いますんで。あ、おにーさん、歯も磨きましょうよ」

ホテトルかよ！ 予想通り、プレイのほうも実に慣れていた。乳首をイジりながらチンコをパクリ。頼んでもないのに、玉までしゃぶっていく。

そんなこんなですぐにチンコはパンパンになり、彼女が枕元のコンドームを手渡してきた。

「そろそろ入れますか？」

「そうだね」

とりあえずいったんゴムを着け、正常位で覆い被さった。

「うおっ、締まるー」

「ああん」

彼女が目をつぶってアエギ始めた。ふふっ。では仕事にかかろう。激しくケツを振ることしばし。自然な感じでチンコを抜いた。

「あ、抜けちゃった。ちょっと待って」

チンコを入れ直すふりをしつつ、ゴムをさっと外してナマでブチこんだ。我ながら感心するような早ワザだ。

上手くいったようだ。女はまったく気付いておらず、普通にアンアンとアエいでいる。

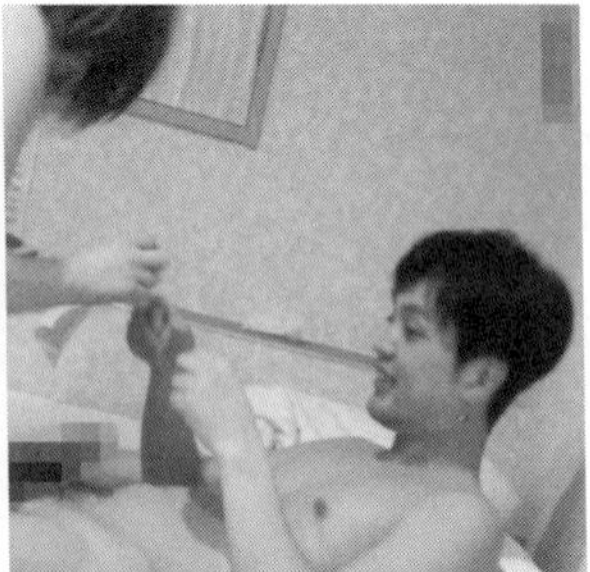

ゴム着けるからね～

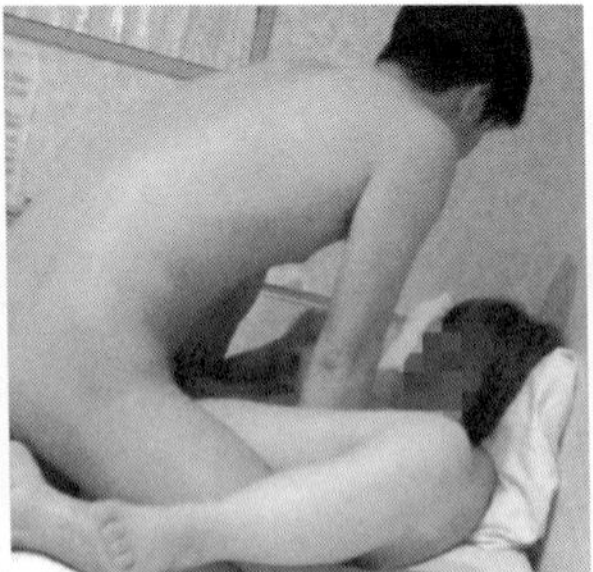

こっそりナマで挿入

正常位のままカレンダーを

さて、これにてエイプリルフール作戦は完了したわけだが、ウソというのは相手にバラしてこそ面白いもの。合体したまま白状しちゃおう。

「ああ、やっぱナマは気持ちいいわ」

「え？」

「ナマはいいね」

「どういうこと？」

「ゴム付きでって約束したけど、あれウソなの」

正常位のまま、枕元のカバンをたぐり寄せ、カレンダーを取り出して見せた。

「ほら、4月1日のとこを読んでみて」

「あっ、エイプリルフール！」

「でしょ？　だからウソついてもいい日なんだよ。さっきバレないようにさっとゴムを外して、今はナマで入れてるんだよ」

「うそっ！」

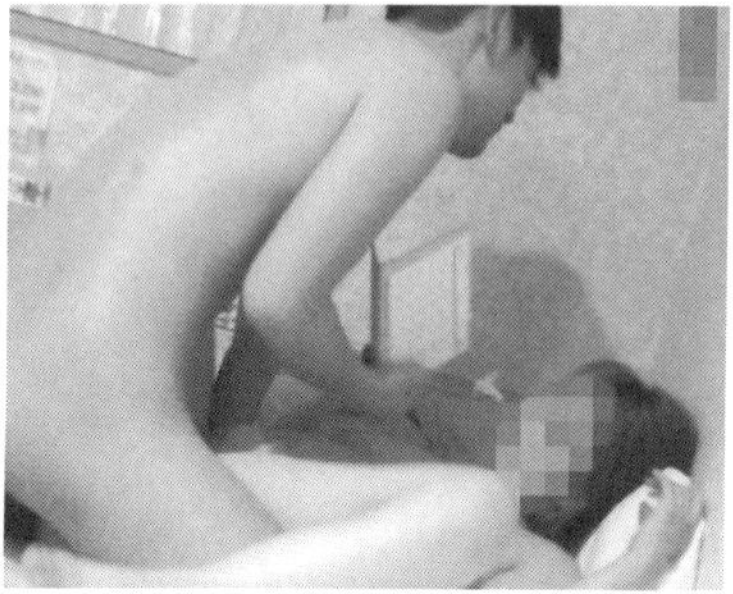

ほら、エイプリルフールだからウソついただけだよ

「ほんとほんと」

「ちょっと止めてよ！」

彼女はいきなりオレを突き飛ばし、テカるチンコをまじまじと見た。

「ホントにナマじゃん！」

「ゴメンねー。でもエイプリルフールだから怒っちゃ駄目だよ」

彼女は涙目になりながら口をとがらせた。

「でも、ちょっとやりすぎだよー」

さほど怒った様子ではない。やっぱエイプリルフールだからあきらめるしかないのかな。

「2回もヤったし絶対うつってると思うよ」

何だか物足りない。もっとヤラれた〜！　っぽい姿が見たかったのに。

「いやー、ゴメンゴメン」

「ほんとだよー」

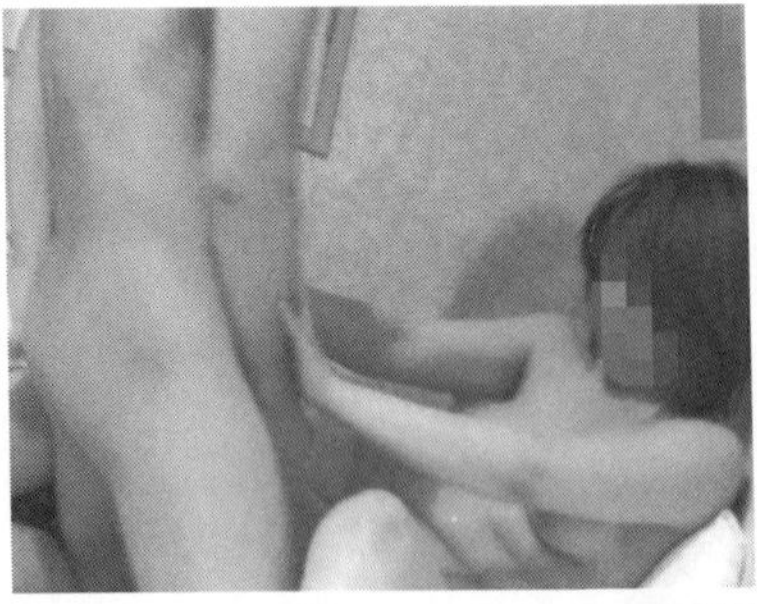

やめてよ!

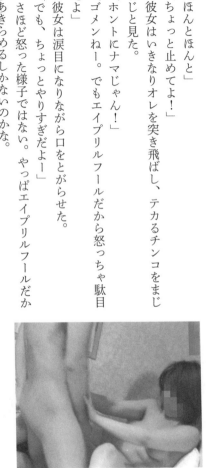

「こんなことを言うのもあれだけど、まだ射精してないんだよ。続きをお願いできないかな？」

「調子いいなー」

「そう言わないでよ。もうゴム外したりしないから」

お願いお願いと頼みまくると、意外とあっさりオーケーが出た。

2回戦。クンニでアソコを十分に濡らした後、彼女を四つん這いにさせる。

「バックで入れていい？」

「いいけど、絶対にゴムは外さないでね」

さすがに警戒されてるようだ。ゴムを装着したチンコをわざわざ触らせてやる。

「ほらちゃんと着けてるよ」

「絶対に外さないでよ」

「もちろんだよ」

と答えつつ、彼女がチンコから手を離した瞬間、さっとゴムを外した。2回目なので手慣れたものだ。いざ挿入。

「ほら、入ったよ？　気持ちいい？」

「あん、気持ちいい」

オレも気持ちいいよ。なにせナマなんだし。

さあ、では再びエイプリルフールバラシと参りましょう。

「ねえ、もしまたゴムしてなかったらどうする？」

「えっ？　してないの？」

「どっちでしょ？」

「してないの？」

「そう。さっき着けるって言ったのもウソなの」

「ちょっと！」

彼女はガバっと起き上がり、チンコをマジマジと見た。本日二度目のマジ見だ。

「何で!?　何でそんなウソつくの？」

「エイプリルフールだからウソついてもいいでしょ」

「でも、2回はさすがにヤリすぎだよ！」

別に1回しかウソついちゃいけないって決まりはないでしょ。引っかかって悔しいのはわかるけどさ。

「でも…」

「でもじゃないよ。だいいち、ぼくだってキミのウソを認めてあげてるんだよ？」

「は？」

「キミ、援交初めてってのはウソでしょ？」

「ホントだし」

「いや、ウソだよ。絶対ウソ。ぼくはそれを認めてあげてるんだよ」

どうだ観念したか。と思いきや、彼女がぶっきらぼうにつぶやいた。

「…じゃあ、まあいいですけど。私、クラミジアなんでうつったかもしれませんよ？」

えっ？

「ウソでしょ？」

「ほんとだよ。だって援交よくしてるし」

待て待て。こんな反撃はなしだろ？

「2回もヤったし、絶対うつってると思うよ」

「…」

「病院行ったほうがいいよ」

「ウソでしょ？」

「さあどうだろ」

ちくしょー。こんな反撃に遭うなんて。気になってしょうがないよ！

第3章

怪しいあの謎、これでスッキリ。

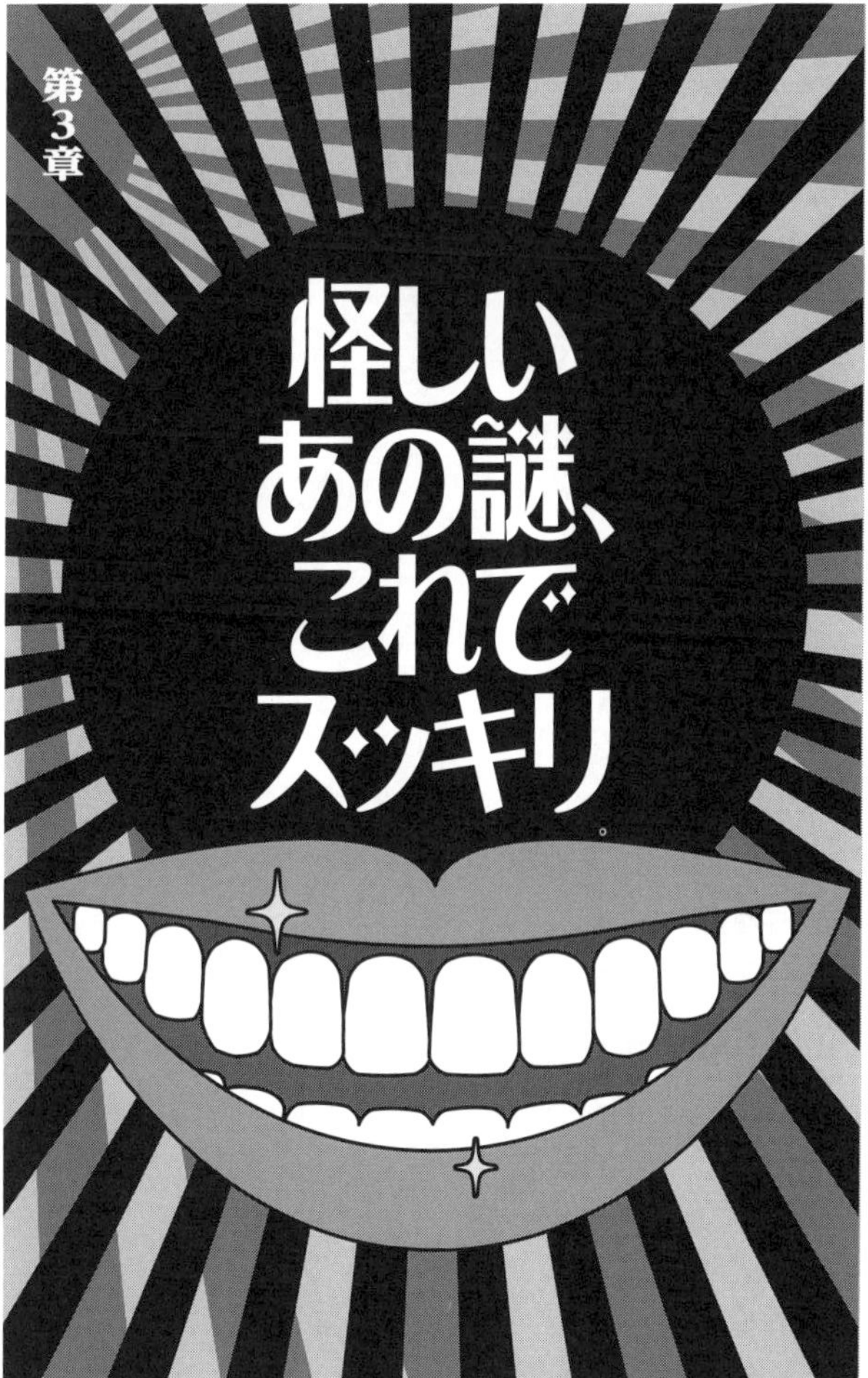

Googleストリートビュー空白地帯の謎を探る

月刊『裏モノJAPAN』2009年11月号掲載

グーグルストリートビューというネット上のサービスをご存じだろうか。人型のカーソルを地図上に動かすと、現場から見た前後左右360度の景色が写真で現れる、画期的な代物だ。

2007年の登場時は、世界中の誰もが驚愕した。ひとびとはパソコン上でニューヨークやロンドンを歩き回り、ときに他人の路上キスなどを覗き見ては、このサービスの凄さを知った。あらゆる道路から見た景色が、自宅に居ながらにして目前に登場するだなんて。

なんでもグーグルは専用の車を走らせて、世界各地をくまなく撮影したそうだ。日本でも各地の裏道やせまい路地までも網羅されており、その徹底した姿勢、労力には恐れ入ると言うしかない。

しかし不可思議なことがひとつある。なぜかこのストリートビュー、ときどきポッカリと不自然な空白地帯があるのだ。

周囲一帯は、どこも対応地域の青色で示されるのに、どういうわけだかある一角だけが真っ白のままだったり、あるいは1本の青い道路の途中数十メートルだけが白かったり。

一方通行だろうが車1台がやっとの道だろうが、とことん網羅しているグーグルが、なぜそんな失態を犯すのか。いったいどんな理由で空白地帯になったのか。

不可解な白地図地域5カ所を歩いた。

ひとりごとをつぶやく者がやたら多い

台東区、荒川区、墨田区、いわゆる下町の3区が交わるあたりに、一周およそ600メートルの空白地帯がある。

周辺を含め、道路は升目のように南北と東西に整然と並んで走っている。きちんと区画整理された町の特定エリアだけがポコンと空いているのは異質だ。

下町ってことは、撮影当日に祭りでもあって、一帯が通行止めになってたとか？　とにかく現場へ行ってみよう。

三ノ輪駅の東側に位置するその空白地帯は、祭りのイメージとはかけ離れた、気が滅入りそうなほど陰気な町だった。

通行人は、魚のような冷たい目をしたおっちゃんばかり。おそらくや無職、もしくは限

中央の大通りだけ
カバーしているが

りなくそれに近い方々と思われる。社会に不満があるのだろう、ひとりごとをブツブツつぶやいている者が非常に多い。

一泊千円台の宿泊施設が何件も並ぶ通りできょろきょろしていると、ワンカップを持ったジイサンが近寄ってきた。

「オメェオメッツオメッェ」

「……はぃ」

「オメェオメェ、昼まっからウロウロしてると、ロクなもんにならねぇぞ」

そう言って、ジイサンは酒をひっかけながら去って行った。

もう答えはわかった。ここは東京一の日雇い労働者街、山谷《さんや》だ。山谷は正式な地名じゃないため地図には載っておらず、だから気づかなかったのだ。

座り込み酒盛りをする者、堂々と横になる者、立ちションをしながらどいつを謳っている者。道路上は一癖も二癖もあるおっちゃんだらけだ。

どうしても写りこんでしまうであろう彼らのプライバシーに配慮して、グーグルがあえて撮影しなかったのか、あるいは何らかの削除依頼があったのかはわからない。

いずれにせよ、ここを空白にした理由は理解できなくはない。彼らだって好きこのんでこんな生活をしてるわけじゃないのだから。ちなみにすぐ近くにも、なぜか空白にな

ほう

なるほど

そういうことか

った道路が数本あるのだが、現場は吉原のソープ街だった。こちらも客の顔さえ写らなければ問題ないと思うのだが。

日本人との共存は上手くいってると思うが

新宿の北にも、一周およそ1キロメートルの空白地帯がある。南側の歌舞伎町と北側のラブホ街はカバーしているのに。

日本一怪しいと言われる地域を押さえておきながら、その真ん中が真っ白なのはなぜだ。違和感があり過ぎる。あのへん、何かあったっけ？　オレ、歌舞伎町に住んでるけど、よく知らないな。

……現場は外国だった。正確には韓国だった。そこかしこがハングル看板だらけなのだ。

焼き肉屋、スナック、韓国ノリ屋、トッポギの屋台、銀行、ネットカフェ、カラオケ、レンタルビデオ屋などなど、ありとあらゆる店がハングル文字で書かれている。よもやこ

歌舞伎町は
押さえてるのに

こまでコリアンタウン化が進んでいたとは。

さて、となると、空白の理由として差別の問題に触れざるをえない。いまも日本には在日韓国人やその社会を差別する人間がいることは残念ながら否定できない。ストリー

トビューの写真群はその悪意を助長するとの判断で、空白になったのだろうか。

だとしたら悲しいね。写真がないことがじゃなくて、その理由が。

夜、焼き肉屋に入ってみてわかったのだが、このコリアンタウンは日本人との共存が上手くいってるように思えるし。韓国人のおばちゃん、すごい愛想いいし。

あるいはオレの考えすぎなのかな。じゃあ空白の理由は何だってことになるけど。

この物々しい警備態勢はいったい……

都内のとある地域に、作為的としか思えない不自然な空白がある。

一本道の途中で、およそ150メートルほどだけストリートビューが中途半端に途切れているのだ。

同じ道路上で撮ったり撮らなかったりするワケがないし、150メートル分だけ撮影テープを紛失したなんてバカな理由でもあるまい。なんらかの圧力がかかったと見るのが自然だが…。

現場は、閑静な住宅街のところどころに何かの施設

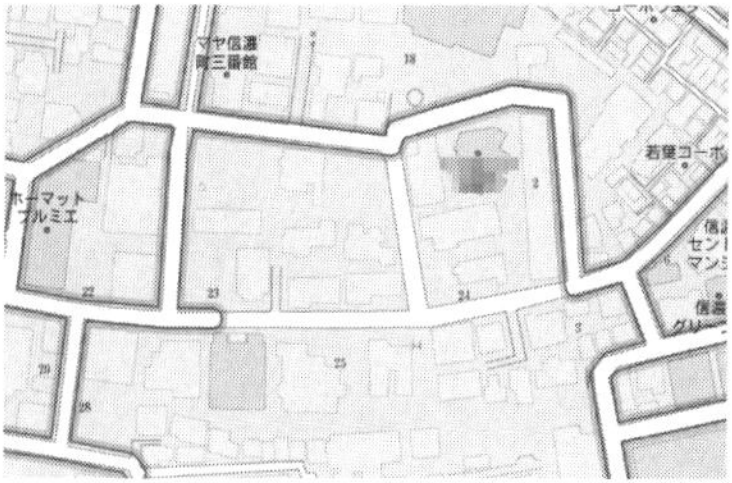

一本道が寸断されている

らしき建物が並ぶ、やけに落ち着いた一帯だった。木々が多く、枝がざわざわ揺れる音しか聞こえない。

空白一歩手前のあたりで、インカムを付けたYシャツの男たちが立っていた。やけに数が多い。いったい誰を守っているのか。

と、後ろから警備員に声をかけられた。

「どうしたんですかぁ？」

顔は笑っているが、どこかヘンだ。魂のない、ロボットのような感じである。

「……友達んちに。道を間違えたっぽくて…」

「そうですか。ご苦労様です」

物々しさを感じつつ、空白地帯に足を踏み入れる。横には施設の正門があり、詰所の4人の男がこちらを凝視している。

正門の表札は……なるほど、そういうことか。この施設、某有名宗教団体の本部だったのだ。面する道を撮らせなかった（削除した？）のは、警備上の理由なのだろう。

カメラを抱えていたオレも、真正面からの撮影はやめておくことにした。ブルっちゃってすみません。

差別行為を未然に防ぐためか？

某所では、河川近くの一帯が空白になっている。道路を隔てた向こう側はカバーされているのに。どういうことか。

現場近くの駅前には、ちょっとした商店街があり、夕方の時間帯とあってか、八百屋、うなぎ屋、作業服品店などが、地元のおばちゃんたちで賑わっていた。商店街を抜けて川のほうに真っ直ぐ進んだあたりが空白地帯だ。

川べりにきれいなマンションがポツポツ建っているかと思えば、そのふもとには古い家屋も並んでいる。

中小工場が目立つ。ワンブロック毎に1つは見かけるだろうか。電信柱に『鳶職・作業員募集』の張り紙がたくさん貼ってあるのは、近くに工務店があるからだろう。

歩いただけでは空白の理由が見えてこないため、現地の図書館で地誌を調べてみたところ、どうやらこのあたりは戦前から在日朝鮮人のひとびとが住み始めた地域のようだ。

言わずもがな、この歴史は差別問題と密接に関わってくる。被差別地域のストリートビュー写真をアップして差別を煽ろうとする人間は、ゼロではない。そのような行為を未然に防ぐ意味で、空白になっているのではないだろうか。

ほぼ丸ごとの大田区はグーグルから回答なし

東京都大田区は、どういうわけか、区がほぼ丸ごと空白地域だ。周囲を囲む、品川、世田谷、川崎は『青』なので、どでかい穴が空いたような形になっている。

このレベルになると、現地を歩いたところで理由なんて見えやしない。自治体レベルで削除依頼を出したと考えるのが自然だ。

大田区役所の広報課を訪ねると、男性スタッフが出てきた。

「はい、なんでしょうか？」

「大田区って、ストリートビューが見れないじゃないですか」

こっちが『青』で

すぐ横のこっちが『白』。
なんで？

区から削除依頼は
出してないそうな

「へ？　ストリートビュー？」

「そうです。見れないですよね」

「はじめて知りました」

スタッフは目を丸くさせた後、いったん席を外し、PCを叩いてから戻ってきた。

「本当に見れないんですね。びっくりしました」

初耳ってことは削除依頼のセンはなくなった。となるとグーグル側の意志で避けたのか？

「区は何もしてませんよ」

「そうですか。じゃあ大田区のほうからグーグルに問い合わせてもらえませんか？」

その場で、スタッフがグーグル日本支社に電話をかけてくれた。しかし電話問い合わせには応えられないとのことで、メールの返事を待つことに。

2週間経っても、区には回答がなかったらしい。謎は残ったままだ。なぜ大田区が⁇

※当記事の情報は、2008年当時のものです。現在は対象地域になっている場所も存在します。

ペーパードライバー仙頭、道路行政を叱る！

交通事故多発地帯を走る

月刊『裏モノJAPAN』2009年12月号掲載

どういうわけだか、しょっちゅう交通事故が起きる場所ってのがある。先月、老人が亡くなった交差点でまた今月ＯＬが轢かれたり、先週、クルマが横転したとこで今日もトラックがひっくり返ったり。

まったく理由がわからないために霊なんぞの仕業にされてる場所もあるみたいだが、99％はそれなりの合理的な原因があるものだ。行政よ、なんとかせよ！

そこで今回、国土交通省に文句をつけるべく、タクシー運転手たちが声を揃える都内5つの事故多発地帯を運転し、その実情を報告したいと思う。

お前が事故るんじゃないかって？　大丈夫。俺、半年に1回はレンタカー借りてるし。

左折フリーと街路樹の合わせ技

溜池交差点（港区）

Ａ地点からＢ方面への左折で、事故が頻発するそうだ。とりあえず走ってみよう。

Ａ地点から交差点へと向かう。前方の信号がちょうど赤に変わったため、前方の車が溜まり始めた。しかし左折レーンだけはスムーズに流れてる。ここ、左折フリーなので信号に関係なく曲がれるのだ。

たぶんC方向からの車との合流が危ないんだろね。そんな単純な接触事故、若葉マークでもしないっての。

前を走るタクシーに続き、左折レーンへ。目視するかぎり、C方向から車は1台も来ていない。これじゃ事故るわけがない。

タクシーは、交差点のカーブをすでに半分以上曲がっている。オレも後を追ってカーブへ……うわっ！　街路樹で見えにくくなったカーブの先で、前のタクシーが急停車したのだ。なにやってんだよ、運ちゃん！

ブレーキを思い切り踏み込み、ギリギリで追突をまぬがれた。もう少し車間距離が詰まっていたら、完全にオカマを掘ってたはずだ。ったく、何で急に止まってんだよ。

…タクシーの前には、横断歩道があった。左折フリーの都合で作られた中州のようなスペースに渡るためのものだ。歩行者が来たのであわてて止まったのだろう。

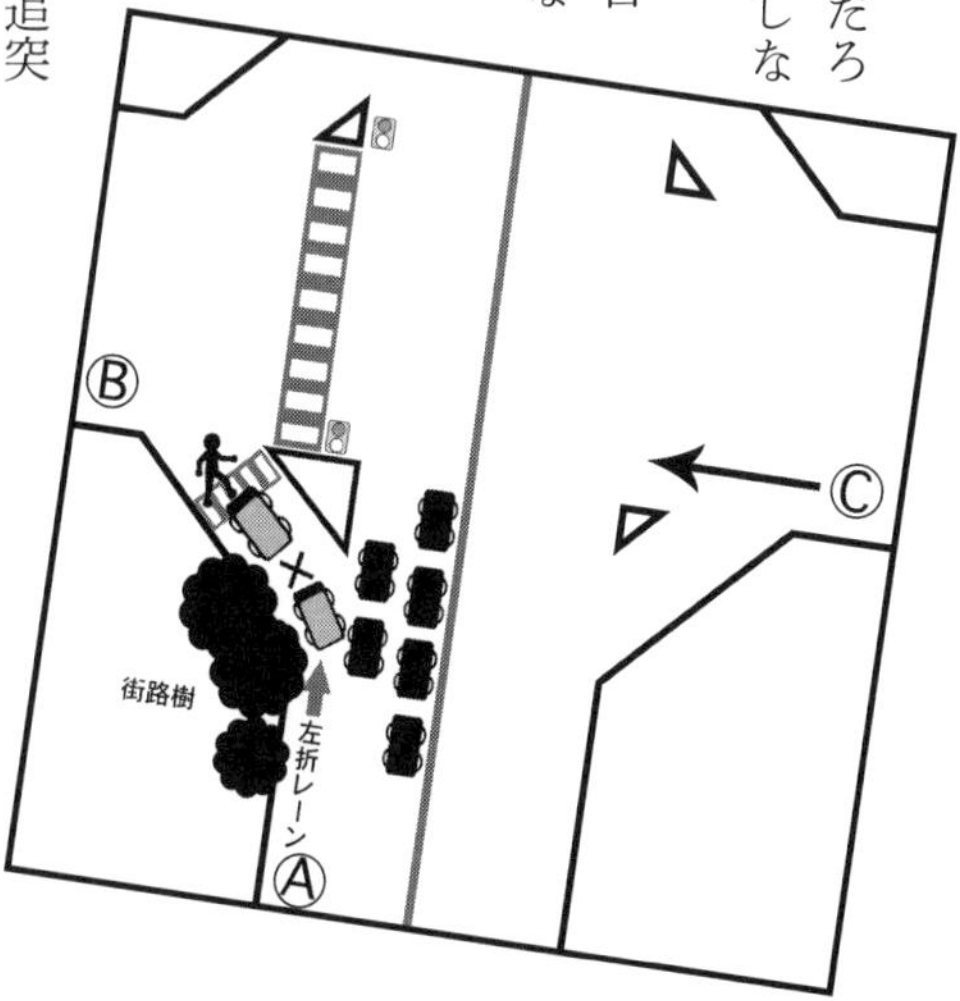

なるほど、事故が多発する理由がわかった。

街路樹のせいで横断歩道が見えないことが一番の要因だ。自分が先頭ならまだしも、2番手以降ならば前車の急停車には対応しにくい。

さらに左折フリーってとこが危険に拍車をかけている。こういう交差点では、運転手は合流に備えて、一瞬C方向からの車を確認するもの。そのタイミングが急停車に重なればガツンとなってしまうわけだ。こんなの、街路樹をバッサリ切ればいいだけの話なのに。

左手の街路樹で歩行者が
見えにくく、急停車されると
オカマを掘りそうに

車を降りてしばらくそばで観察してると、まあ、オカマ寸前になる連中の多いこと多いこと。さすがに大事故にはなりそうもないけど、こりゃ改善すべきでしょう。

側道のクセに直進車バンバン

熊野町交差点（板橋区）

AからBへの右折で事故が頻発するらしい。ここ、高速道路の高架下なので、図のように太い柱が立っている。こいつがCからの直進車を見えにくくしてるんだろう。よくあるパターンだ。

と予想して走ってみたところ、実際には柱に加え、対向の右折待ち車も、視界をさえぎってくれていた。ま、ここまでもよくあることだ。

しかし問題はさらにもうひとつあった。Cからの対向直進車がやたらと多いのだ。

この交差点はアンダーパス構造になっているので、本来なら南北へ抜ける車はトンネルをくぐり、側道を直進する車は少ないはずだ。なのにここは次から次へとやってくる。

「よし、こいつの後で曲がってやるか」とアクセルを踏もうとするや、また次が。

危ねぇっ！

あと2メートルも前に出れば、ボディをぐっちゃりやられてたかも。下手くそか、俺。

Ⓒ
アンダーパストンネル
柱と対向右折車で見通しが悪い
首都高の柱
Ⓑ
池袋への抜け道
アンダーパストンネル
Ⓐ
バス停

運転席から見るとこんな感じ
右折
直進

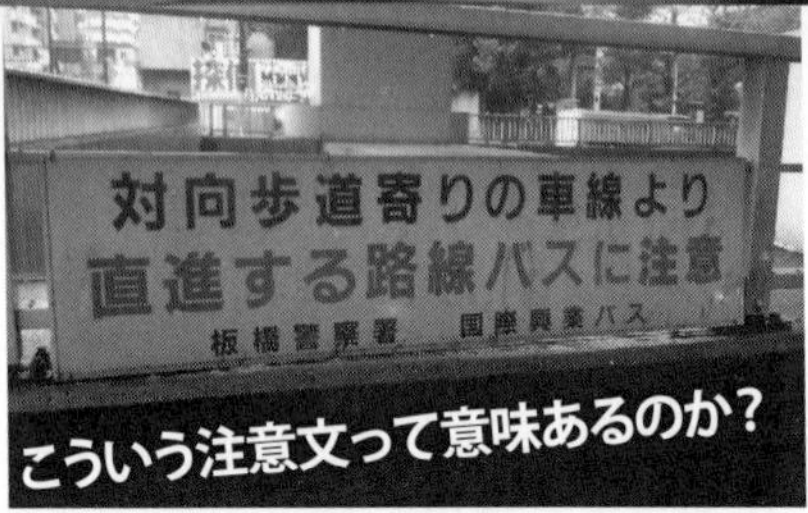
対向歩道寄りの車線より
直進する路線バスに注意
板橋警察署
こういう注意文って意味あるのか？

ありゃ、次は路線バスだ、勘弁してくれ。

柱がジャマしてるくせに、対向車がやたらと多い。こいつは危険極まりない。

直進車が多い理由は、地図右下の場所に、池袋への抜け道とバス停があるせいだ。せっかくのトンネルも、池袋へ向かう車には遠回りコースにしかなってないのである。

観察したところこの交差点、慣れたドライバーはみんな、クラクションをピーピー鳴らしながら右折していた。とんでもないところだ。

←出てたら歩行者なんて気にしないでしょ

渋谷警察署前交差点（渋谷区）

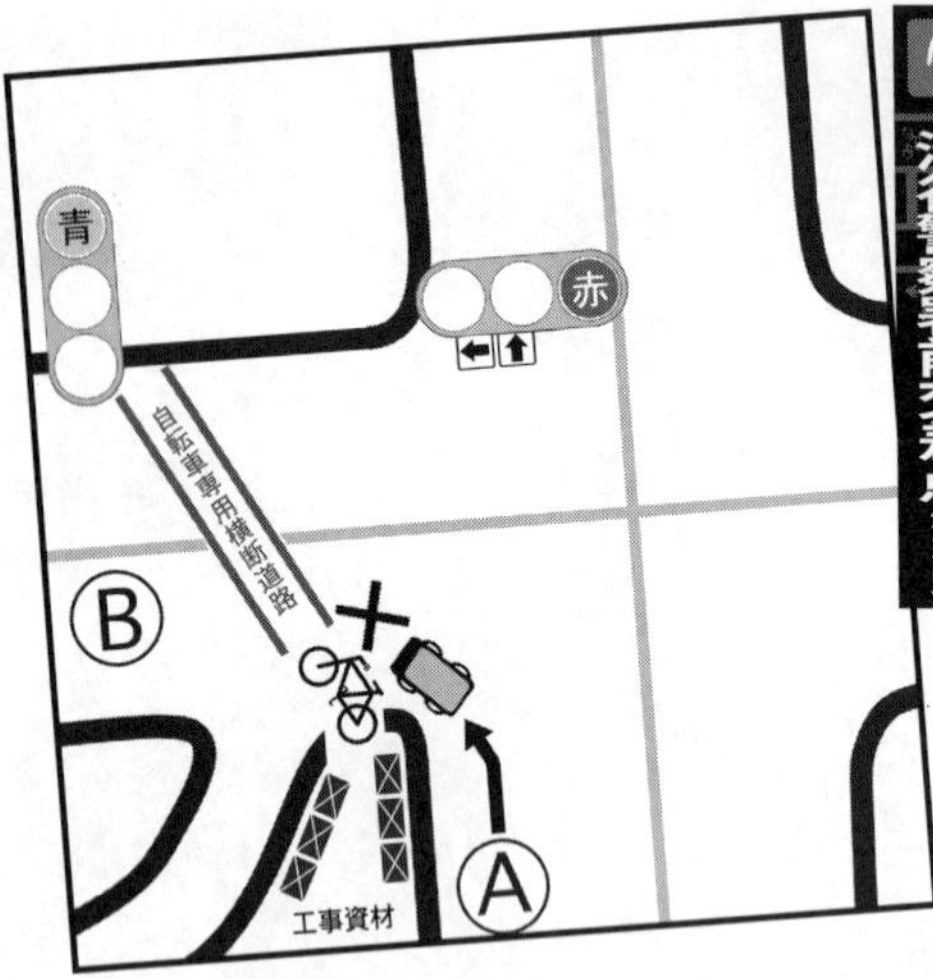

いやぁ、ビックリした。自転車のアンちゃん轢きかけました。こんな信号パターンがあっていいんでしょうか。

ちょっと聞いてください。デカイ交差点だと、信号は赤だけど緑の右折「→」が出てるパターンってよくありますよね。「今のうちにさっさと曲がりなさい」って急き立てられるような。

あのとき右折した先にある横断歩道って100%赤ですよね。歩行者は絶対いない。そりゃそうです。こっちはビュンビュン急いでるんだから。

資材置き場が
余計にややこしく
している

これ見たらガンガン
左折しちゃいますよね

渋谷のここは、それの左右逆パターンなんです。信号は赤だけど緑の「↑」「←」が出てると。要するに右折だけはダメってことです。
俺、矢印が出てるときは歩行者なんて気にしなくていいんだと思ってました。クルマ優先で走れるもんだと。

でもここは左折した先の『自転車道』が青なんです。驚きました。

いや、車道も〝普通〟の青だったら、当然、左折のときは自転車&歩行者の巻き込みには注意しますよ。でも「←」出

危ないシーン
だらけです

てるんですもん。フリーで走れると錯覚するじゃないですか。

ま、でも勝手に思い込んだ俺が悪いとしましょう。問題はこの交差点、図にもあるように、まるで自転車を見えなくするかのように、工事資材が積まれてるんです。気づかないって、これじゃ。

事故回数年間180回！

車体が横に
スベりました…

首都高4号新宿線の下り（渋谷区）

この現場は『魔のカーブ』という名が付けられた、首都高速上の事故多発地帯だ。「特に雨が降ったら危険」なんだと。ならばと、雨の日に走ることに。

標識の制限速度は50キロと書かれているが、流れに乗ると60キロは出てしまう。気をつけないと。

まもなくして、先が確認できないほど曲がっているカーブが見えてきた。標識には『下り坂』とある。確かに道路はゆっくり下っていて、カーブの手前あたりから傾斜が急になっている。だからカーブに手招きされるように進んでしまう。勝手にスピードが上がっちゃうのだ。

車はカーブ内に入った。こりゃかなりのカーブだ。もっと切ったほうがいい。これくらいか！

ズズッ!!

車のタイヤが滑り、車体が横にズレた。ヤバイヤバイ。ブレーキを踏むか。いや。急ブレーキは、確実にハンドルを取られる。このままなんとか曲がりきってくれ。

ふと、ガードレールのくぼみが目に入った。ボコボコだ。ここで何人も死んでるんだろう。

なんとか曲がりきり、すぐ先のPAで、『魔のカーブ』の事故について聞いてみた。

スタッフ曰く、年間180回も事故があるそうだ。タンクローリーが炎上し、運転手がそのまま横の明治神宮に駆け込んで自殺したこともあったという。

ちなみにあの横擦りは、高速のつなぎ目の鉄板にタイヤが乗って滑ったもののようだった。

設計ミスの極み。こんな合流見たことない!

神田橋ジャンクション(千代田区)

首都高で頻繁に事故が起きる地点で、明らかな設計ミスとも言われている。タクシー運ちゃんでもわざと避けて走りたがるのだとか。
現場は高速道路同士の合流地点だ。合流「される」よりも「する」側のほうが恐怖心

を味わえるそうなので、A地点から走行してみた。

こじつけになるが、まず直前のトンネルが薄暗くて壁がボロく、何かを暗示している

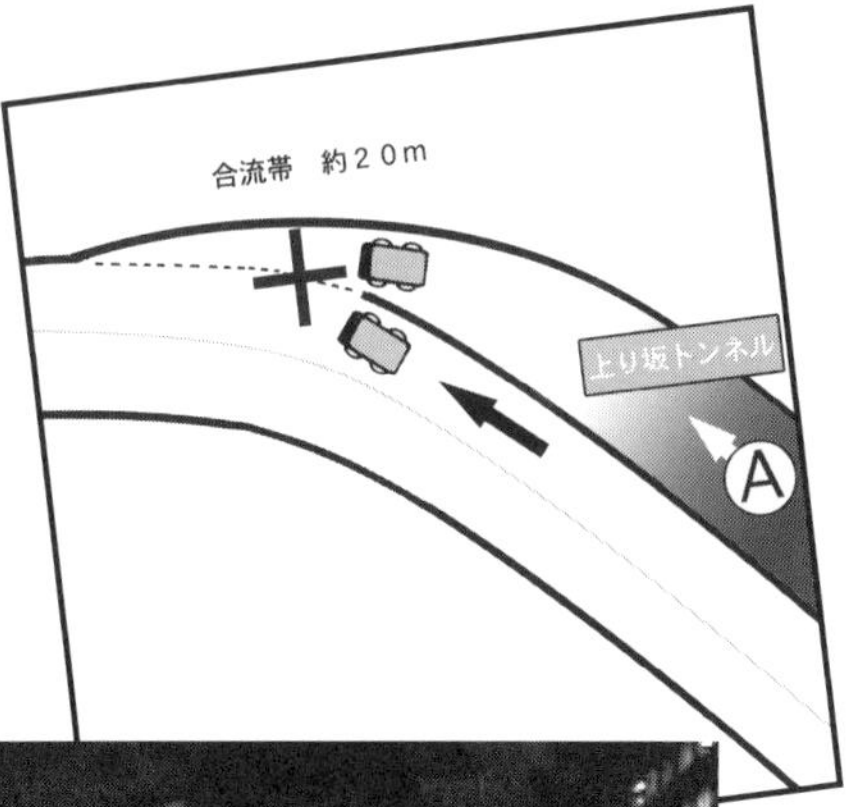
合流帯 約20m
上り坂トンネル
A

坂を上るとこの景色で、
すぐに合流帯はなくなる

ように見えてメチャ不気味だ。わざと煽ってんのかよ。

トンネルを抜けて上り坂を上り切ったところで合流なのだが……なにこれ、怖すぎ！

ここ、いろんな要素が組み合わさりすぎている。

✖坂を上るときは本線のほうが高い位置にあるので、本線に車がいるかどうかわからない

✖右からの合流なので運転席から本線を確認しにくい

✖合流帯が20メートルぐらいしかない

✖本線ではビュンビュン車が走ってる

いざ合流しようとしたオレだが、本線の白い乗用車が左によけてくれないので、まずそいつをスルーさせるべく徐行する。徐行しながら高速に合流なんてできるのか…うわ、できないできない。どうしよう、合流帯も残りわずかだ。壁にぶつかる！

ブレーキを踏むしかなかった。そして、ます

ます本線に入れなくなった。どういう神経でこんな道路を作ったんだ？

近くのビルで観察すると、俺のように合流「する」側がストップするどころか、なんと本線の車も、とつぜん右から現れた車にビックリして急ブレーキを踏むという恐ろしい現象が起きていた。後続車があわてて左レーンに流れている。

二度と通りたくない道だ。

月刊『裏モノJAPAN』2011年11月号掲載

電柱貼り紙の「ありあけ会」は どんな女を紹介してくれる？

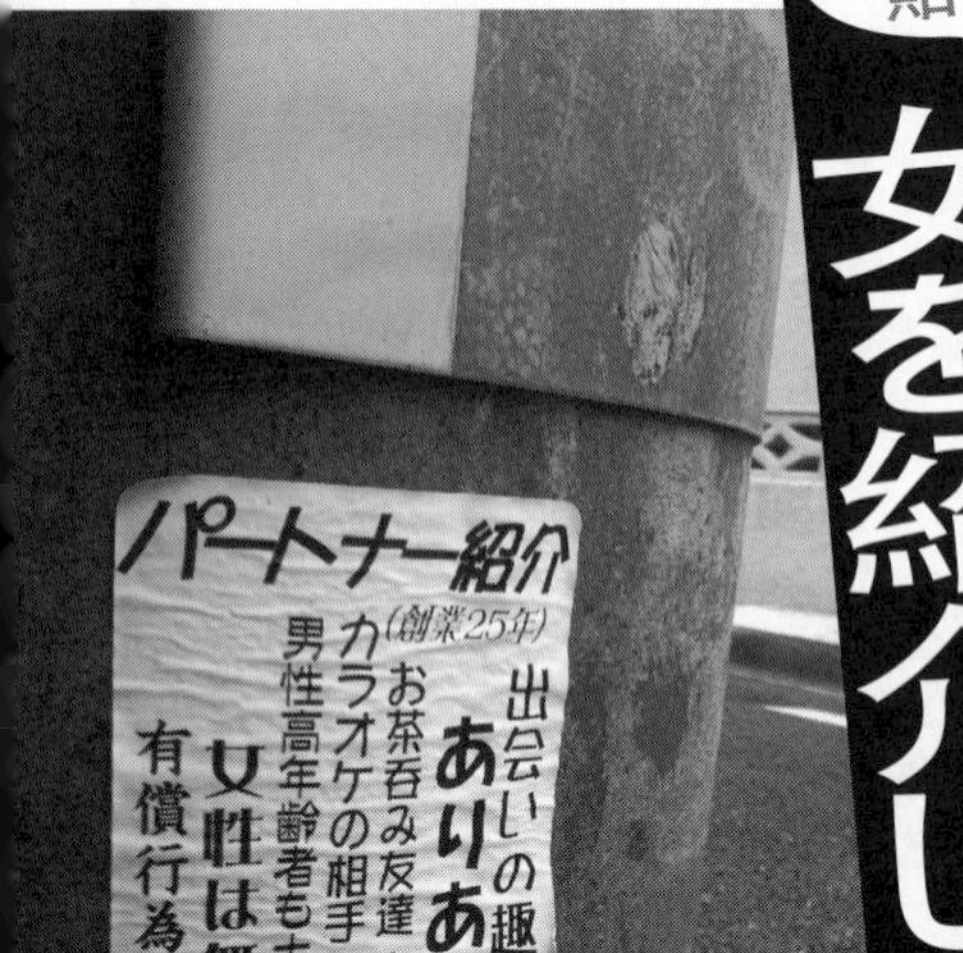
パートナー紹介
(創業25年)
出会いの趣味
ありあけ会
お茶呑み友達 交際相手
カラオケの相手 結婚相手
男性高年齢者も大歓迎です
女性は無料
有償行為厳禁！
中央線高円寺駅北口
03- [redacted]

たいてい地上スレスレに貼ってある。
ネコ向けか？

ずいぶん以前から、都内のあらゆる電柱にナゾの貼り紙が貼られている。どれもなぜか、柱のずいぶん下のほうに貼ってあり、それが余計に目をひく不気味な存在だ。

『パートナー紹介　ありあけ会』

これ、いったい何なのか。とても機能してるようには思えないのだけど。

女1人と会うたびに4千円

貼り紙の電話番号にかけてみた。

「はい、こちら出会い紹介のありあけ会です」

相手はロボットみたいな電子声の男だ。いきなりぶしつけに質問してくる。

「年齢はおいくつでしょうか？」

「…32ですけど」

「申し訳ございません。現在、女性は40代しかおりません」

ちょっ、ちょっと待て。こっちはまだ話がぜんぜん見えてないんだけど。とりあえず何かしら紹介業は営まれてるようだ。ここは話に乗ってみよう。

「ぼくは年上好きでして、40代ぜんぜんオーケーなんで」

ぜひ紹介してほしいと頼みこんだところ、男は「それでは」と説明を始めた。

「こちらの会は登録制になっておりまして――」

入会金は1万2千円。登録すると、女性を4人紹介してもらうことができるらしい。で、女性と会うときはその都度4千円が必要で、つまり4人と会えば、結局2万8千円かかるようだ。

「それから、女性と会うときは一応、指定の喫茶店で会ってもらいますので」

「喫茶店ですか？」

「そうです。女性は初めて会う相手に緊張してますので。誠実な対応でお願いします。納得いただけるなら、こちらの事務所に一度来てください」

「事務所？」

「高円寺になります。駅北口でお電話をもらえば案内します」

ま、行ってみましょう。

息子と2人で生活しながらやってるんです

1時間後。高円寺駅から電話をかけると、同じ男が出た。事務所までは歩いて1〜2分だという。

事務所は フツーのお宅だった

教えられた道を歩いていく。その途中に、自縛霊でも取りついてそうなどんよりとしたオーラをまとった中年男がキョロキョロしていた。

「仙頭さんですよね？」

電話と声が一緒だ。この人がありあけ会かよ…。

不気味な男に案内された事務所とやらは、オンボロアパートの一室だった。間取りは１Ｋといったところか。普通に生活感はある。

中に一人のジイさんが座っていた。案内してくれた男よりも雰囲気は明るい。

「どうぞどうぞ、かけてください」

「…は、はい」

「私、ありあけ会の小田孝彦（仮名）と申します」

そう言って、ジイさんが差し出してきた書類には免許証がコピーされていた。

「私、かれこれもう30年以上、パートナー紹介やってましてね。それこそ昔は、結婚相談所なんかもやってたんですけど」

ジイさんは、中年男のほうに目を向ける。

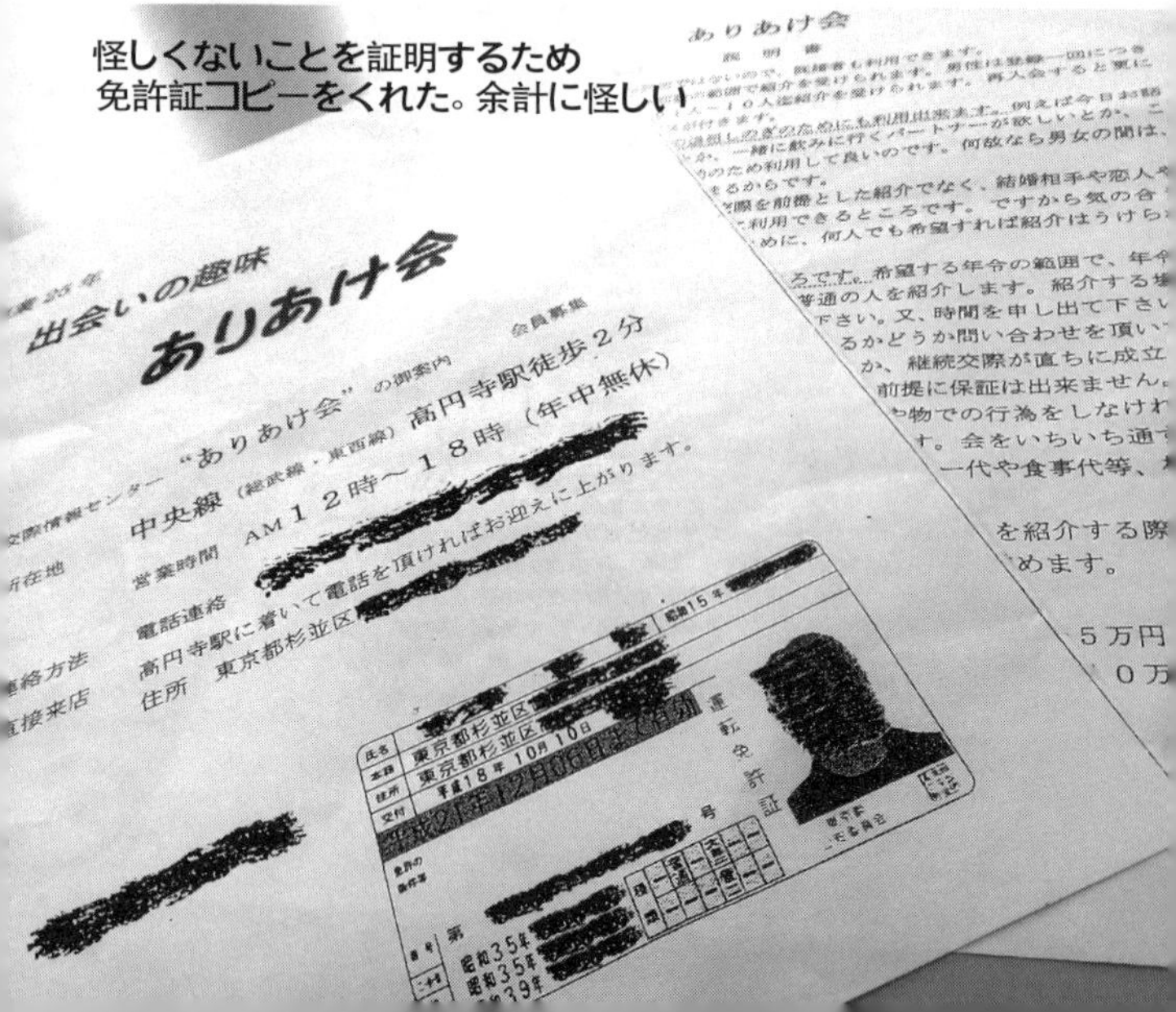

怪しくないことを証明するため
免許証コピーをくれた。余計に怪しい

「今はこうしてね。息子と2人でここで生活しながらやってるんですわ」

この人たち親子なの!? 2人きりで？ ってことは電柱貼り紙は2人でぐるぐる回りながらペタペタやってんのか。

「ええ、まあ広告しないと人が来ませんからね」

驚いた。いわば家内制出会い系業者ってとこか。紹介される女も家族の一員だったりして。オレは入会金を払い、申し込み書に記入した。

「では、仙頭さんが女性と会いたい日時を教えて下さい。女性会員の中から会える方を探しますので。女性とは高円寺の喫茶店で会うことになりますから」

「登録してどれくらい？」「7年くらい前ですね」

紹介日当日。高円寺に向かうと、駅前で息子が待っていた。喫茶店ルノアールに向かう途中、息子が言う。

「ではこれから紹介しますが、今回は1回目ですので、女性には連絡先などは訊かないようにお願いします」

「はっ？」

「女性は緊張されてます。連絡先交換は、2回3回とお会いしてからお願いします」

息子に連れられルノアールへ

今日はお茶だけしろってことなのか。そして2回3回と会を通して会いその都度金を落とせってか。何だか本性をあらわし始めたな。

いざ喫茶店へ。そこにはおかめ納豆のような、単なるブスが待っていた。年齢は三十半ばくらいか。

「こちら、ユキさんです。ではあとはお2人で」

息子が去った後、コーヒーを注文し、とりあえず会話を始める。

「ユキさんは、お仕事は？」

「派遣です」

曰く33歳で、アパレル関係の派遣をしているそうだが、年齢についてはだいぶサバを読んでそうだ。

ひとしきり自己紹介が終わったあとは、芸能人の話など、たわいもない雑談をしたが、さほど盛り上がらない。というか、盛り上げようという雰囲気が相手に全く感じられなかった。

「ところで、ユキさんは、この会で何回くらい人と会ってるの？」

「うーん、ま、電話がかかってくるのはたまにだから」

「そうなんだ。登録してどれくらいなの？」

「もう7年くらい前ですね」

7年って！　マトモに男を求めてる女のわけがない。たまに連絡がきて、都合がよければこうやって男と会ってお茶を飲み、バイト代をもらってるのだろう。

1時間半ほどしゃべったところで、彼女が時計を気にし始めた。ま、オレもつまんないからどうでもいいんだけど。

「そろそろ行きますか？」

登録7年ですと。これほど肩出しが似合わない人も珍しい

「そうですね」

「あ、ユキさん、メール交換とかしときます？」

息子の言いつけを無視してさりげなく聞いてみる。

「いいですよ」

へぇ、いいんだ。

その晩、彼女にメールを送ってみたが返信はなかった。

古い女ばっか使い回してないか？

ありあけ会の内情はだいたいわかった。女はたぶんバイトで、レベルもショボショボ。さもありなんってな感じだ。

しかしせっかくだから、もう一人くらい女を紹介してもらおうと高円寺駅前に向かう。

「こちら、マミさんです」

2人目の女は、切れ長目の関取みたいなルックスだった。レベルは前回よりも下がっている。はぁ〜。

「何か飲みますか？」

「そうですね」

「ぼく、ありあけで人に会うの2回目なんですよ」

「あ、そうなんですか？」

「マミさんは？」

「私は、まあ、登録したのはだいぶ前で…」

5年以上も前の登録だという。あの親子、古い女ばっか使い回してないか？

「仕事は？」

「今はしてないの。たまに派遣に行くんだけど、ほら、最近って仕事ないじゃないですか」

だから、今日は小金を稼ぎにきたのかな？

「マミさんは、一応出会いを求めてき

スナックのチーママみたいな
彼女は登録5年目

てるんだよね？」

「まあ、そうだけど。会で知り合った人とはなかなか続かないのよね」

あのね、5年も前に登録してまだうまくいかないなら普通、別の手段を考えるでしょ。

「ここで出会った人と飲みにとか行かないの？」

「私まったく飲めないんですよ」

…ふーん。オレが誘ってくると思って遠回しにノーサインを出してるのかな。心配すんな。間違ってもアンタを口説くつもりはねーよ。

今回も会話はさして盛り上がらなかった。例のごとく芸能人ネタでお茶を濁し、1時間ほどでお開きに。

彼女もメアドは教えてくれたが、メールを送っても返信はなかった。

家内制出会い系業者、ありあけ会。今日もあの親子は貼り紙の束を手に、各地の電柱をめぐっているのだろう。下のほうに貼っているのは、単に弱気なだけと見た。

大衆居酒屋の安っすい生ビール なんか薄いぞ？

居酒屋ではまず生ビールを注文する俺だが、しょっちゅうダマされたような気になる。

みなさんは感じませんか、安居酒屋の安い生ビールの薄さを。

生って、もっとコクがあって口の中がムハーーッってなるはずなのに、水みたいにしゃばしゃばしてることとありますよね。

あれはただの気のせいなのか、ホントに薄いのか。濃度計でチェックしてやる。

月刊『裏モノJAPAN』2011年11月号掲載

ライオン

まずは生ビールがうまいことで知られる、老舗ビアレストラン「ライオン」から。

メニューには、サッポロ、エビス、琥珀エビスと何種もの生ビールが並んでいる。中ジョッキはどれも800円以上。いい値段ですな。

まもなくサッポロ生ビールの中ジョッキが運ばれてきた。

ぐびぐびぐび。

ぷっはぁー。うまっ。泡も細かくてクリーミーだし、渋みもずしっとくるし。これぞビールって感じだね。

さて測ろう。濃度計にビールを数滴垂らしてボタンを押す。

数値は……**5・7**

数字そのものの持つ意味はわからないけど、とにか

ライオン
これぞ本物の生!

くこいつを生ビール濃度の指標としよう。

かっぱ

では安い居酒屋に参ろう。まずは「かっぱ」だ。チェーン店ではないが、歌舞伎町セントラルロードに「生ビール１９０円」という看板が出ている。

「ナマ中ちょうだい。一応確認なんだけど、１９０円だよね」

「そうですよ」

「めっちゃ安いよね」

「発泡酒じゃないですよ。スーパードライになります」

やってきたナマ中は、やけにジョッキが小ぶりだった。泡立ちも悪いし。

ぐびぐびぐび。

うーん？　スーパードライってこんなだっけ。苦味がちょっと違う気がするけど。

では濃度チェック……5・0

やっぱり。苦みが足りないんだよ、苦みが。

魚民

次は「魚民」だ。店の前にビラ配りの女の子がいる。

「生ビール200円でーす」

ここも安い。200円でうまい生なんか出てくるわけないよな。

ジョッキのサイズこそ小さくはないけど…。

ぐびぐび。

ふぅ〜。ちょっと薄いかな?

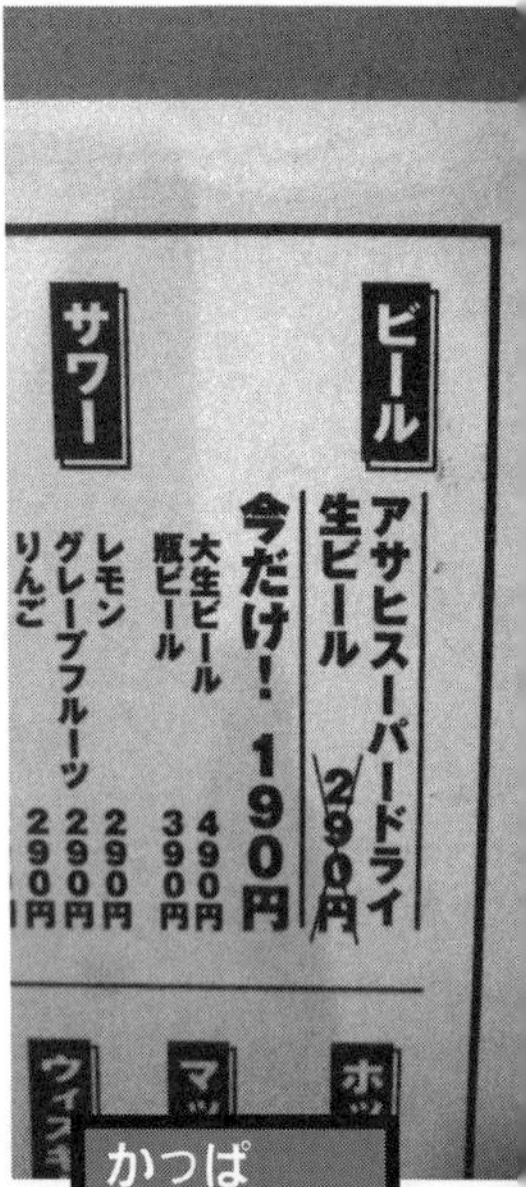

かっぱ

190円にしては健闘してる

魚民

200円だから許す

ぐびぐび。

はぁ〜。

じゃあ濃度チェック………5・3

ふふ、この微妙な差がわかるオレの舌、まんざら捨てたもんじゃないな。

天狗

お次は「天狗」だ。あそこはけっこう薄かった気がする。

メニューをチェック。生ビールは「サッポロ生黒ラベル480円」。特に安くはない。

「すみません、ナマ中下さい」

「はい、生いただきましたぁ～」

ん？　ジョッキがやけに濡れてる。まるでさっきまで水につけていたようだ。

ぐびぐび。

ふはぁ～。どうなんだろう。もう薄いも濃いもわからん。飲み過ぎて舌が麻痺してきてるし。

濃度チェック……………**4・9**

天狗
4%台とはいかがなものか

出た、4%台ですよ。薄すぎ！

つぼ八

オレの印象的に一番安かろう悪かろうな居酒屋は「つぼ八」だ。あそこのナマ、そうとう薄かった記憶があるが。

「いらっしゃいませ。飲み物は？」

「えーと…」

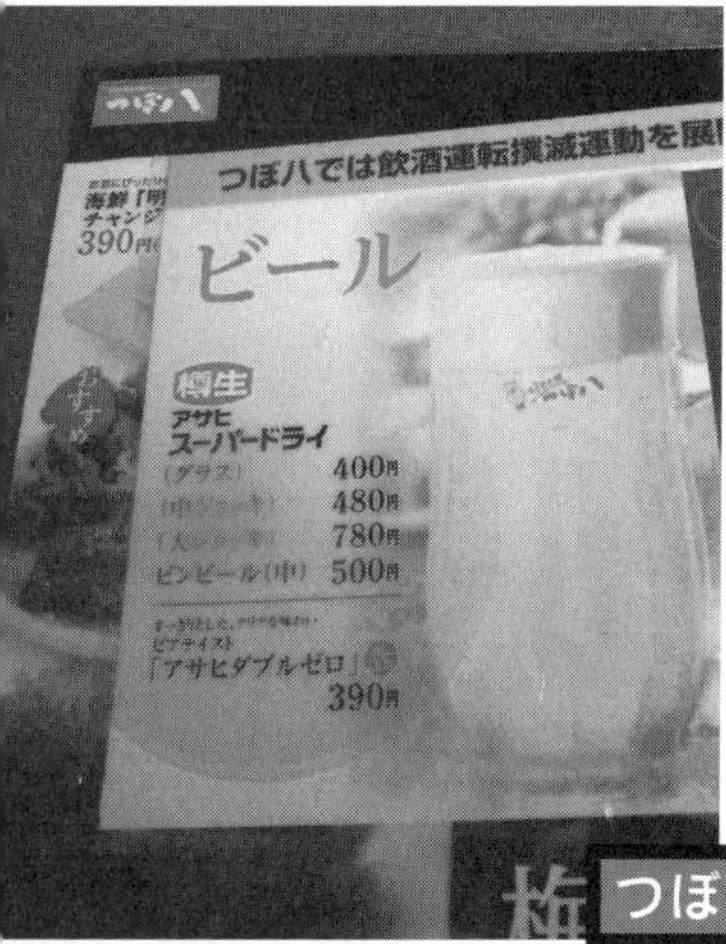

つぼ八

何かの間違いか!?

メニューを見る。ナマ中はスーパードライで４８０円だ。

「ナマ中で」

ドリンクはすぐに来た。ジョッキ小さっ。これ、１９０円のかっぱサイズじゃないの？　しかもグラスが何だか生ぬるいんですけど。

ぐびぐび。ふはぁっ。薄っ。水かよ。

濃度チェック………**3・7**

なんちゅう数値だ！　めちゃくちゃじゃん！

大阪人はホントに面白いのか？

この国のメディアによれば、大阪人は面白いということになっているみたいだ。お笑いの街、大阪。吉本新喜劇の街・大阪。道ゆく人はみんな芸人候補ばっかり。オモロおまっせ、大阪人は！　ホントかよ、と俺（高知出身）は思う。そんなに笑えるヤツばっかじゃ市民生活が成り立たないだろ。しょっちゅうボケだツッコミだとやってたら疲れちゃうよ。テレビではおかしな反応をする市民が登場するけど、ヤラセくさくないか？　そこで検証だ。本当に大阪人は世間でよく言われるような面白いリアクションを返してくるんだろうか。なお、近くにカメラマンがいるとお調子者が反応するかもしれないので、実験模様はこっそり隠し撮りすることにした。

月刊『裏モノJAPAN』2009年5月号掲載

大阪通の知人によれば、チャンバラトリオという芸人の影響ではないかとのことだ。どんだけ影響力持ってんの、その人たち。東京でこんなことすれば変人扱いで終わりだよ。では心斎橋にて、道ゆく者どもを斬りつけてやる。

本当か？ 刀で斬りつけるマネをすると「ウギャー」と苦しむ

結果

5人をばっさばっさと斬りまくったのに、反応してくれたのはゼロ。気のふれた人を見るような目で通り過ぎていった。チャンバラトリオの影響なんてどこにも及んでおりません。

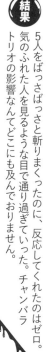

本当か？ オバちゃんに「松坂慶子さんですか？」と尋ねると「なんでわかったん？」と返してくる

これ、松坂慶子じゃなきゃダメらしい。最近の美人女優ではなくて、松坂慶子に似てることが大阪オバちゃんにとっての名誉なのだ。

結果　一発目でホントに言いました。ビックリ。通天閣の下でチューハイを飲んでるおばちゃんが、松坂慶子はないでしょ。本人いわく、以前は北新地のホステスだったとのことだけど、どうなんだろ。

本当か？「おじゃましまんにゃわ」と言いながら店に入ると、客全員がずっこける

吉本新喜劇、故・井上竜夫の持ちギャグ。登場時にこのあいさつをかますと出演者全員がずっこけるのだが、それはあくまで劇の話。日常でそんなリアクションとる人がいたらぜひ見てみたい。一杯飲み屋にていざ実験。

結果 かなり寒い空気が流れた。予定ではイスをひっくり返して倒れるはずだったのに。

本当か？「救急車呼んで下さい」とバナナを手渡すと「もしもし、あのね……って、バナナやないかい！」とノリツッコミする

いったんノッてからツッコむという高等テクニックを、そこら中の人が駆使するそうだ。ホントだとしたら大変なことだ。

結果 このニーちゃんのセリフはさらに続いた。「あかんわ、この電話じゃ呼べへん。料金払ってないやろ」感心してしまった。ノリツッコミどころか、さらにボケをかぶせてきている。恐るべし、大阪人。

本当か? ツマらない話をすると「オチないんかい!」と突っ込んでくる

会話はすべてオチがなければならないのが大阪ルールらしい。もしツマらない話でも、このツッコミで全体を笑いに変えてしまう優しさとも取れる。検証相手は、しっかり最後まで話を聞いてくれるタクシー運転手を選んだ。話した内容は以下のとおり。

最近、釣りにハマってましてね。海釣りによく行くんですよ。ハマじゃないですよ。沖釣りですよ。漁師の人に船を出してもらっていくと、10キロくらい沖にいっちゃうんですけど。
1
2
そうやなぁ

漁師ってのはスゴイですね。魚のいるところをよく知ってる。むこうにタコがいるとかね。あそこはサバがいっぱいいるとかね。何でそんなにわかるんでしょうかね。そりゃあ漁師だからなんでしょうね。
3
HOI
4
そうですなぁ

結果 確かにツマらなそうな顔はしていたが、軽く受け流してくれた。まあ、客相手に「オチないんかい!」とは言えなかったのかも。

本当か？「ここまで飛ばせー、ほり込めほり込めカ・ケ・フ!」と歌うと、掛布のモノマネを始める

ミスタータイガース掛布雅之。大阪人どころか国民誰もが知っている。しかし応援歌に反応し、ズボンをたくしあげる独特のバッティングフォームを真似する人間は、この街にしかいない。

結果 キョトンとしていたニーちゃんは、最後の「カ・ケ・フ!」を聞いて初め「あぁ掛布か」とつぶやいた。もう人気なくなってるのかもしれない。

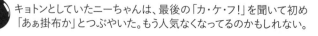

本当か? 指鉄砲でバンバン撃つと腹を押さえて苦しみだす

テレビ番組でみのさんが大阪人に試したところ、10人が10人とも反応したそうだ。そんなバカな。

結果 おっちゃん、ニヤッとして素通り。このあと5人を次々と撃っても誰も反応しなかった。みのさんのときはテレビカメラのおかげと思われます。

本当か？ 年配のオバちゃんに「オネエさん」と呼びかけると必ず振り向く

50代でも60代でも必ず振り返るのだと。
これはボケの一種と考えれば
いいのでしょうか。

結果 50代以上と思しきオバちゃん5人に試して5人ともが振り向いた。呼びかけのことばとして「オネエさん」は一般的とはいえ、20代がまったく無反応だったことと比較すると、なんだかオカシイ。

本当か？ 機械の発する「アリガトウゴザイマシタ」にちゃんと返事する

「いえいえ」「どういたしまして」と、いちいち答えるんだと。
笑えるけどそれって認知症なのでは？ 小さな米屋さんにて観察を。

結果 そんな人はどこにもいなかった。このウワサ、あまりに大阪人をからかいすぎでしょう。

本当か？ ネコの真似で近づくとじゃらした後で「なんでやねん！」とツッコむ

最後も吉本新喜劇ネタから。池乃めだかのネコ真似に共演者がとる態度である。他にも「猿の真似で応酬する」（間寛平）というパターンもあるが、さすがにそんな人はおらんだろ。

結果 呼び込みのネーちゃんは変質者と間違って逃げ回った末、中の店員を呼んでしまった。そりゃそうだよな〜。

というわけで……大半がガセネタだと判明したが、ときどきしっかりリアクションしてくるあたりはさすがと言ったところか。結論。大阪人は誰もが面白いわけではありません。ていうか、ホントに面白い人ならこんなのにノッてこないですよね。

月刊『裏モノJAPAN』2009年5月号掲載

激安温泉旅館のサービス内容とは？

1泊2食付き5千円！

新聞やネットにはたまに、激安温泉宿の広告が載っている。1泊2食付で1万円以下どころか5～6千円なんてものまであり、これじゃ採算合わんのじゃないかと思ってしまうが、あれ、いったいどんな内容なんだろう。

今回オレは、旅行代理店のHPをくまなく探し、格安中の格安、栃木県・鬼怒川温泉の『F』という旅館に泊まり、その実情を調べることにした。うたい文句は、『1泊2食付き5千円！』。素泊まりのペンションやコテージならともかく、メシ付きの温泉旅館で5千円とは破格である。

ちなみに代理店を通さず直接旅館に申し込むオーソドックスプランだと7千円とこれまた安い。周辺相場のおよそ半額だ。よっぽどオンボロと見た。

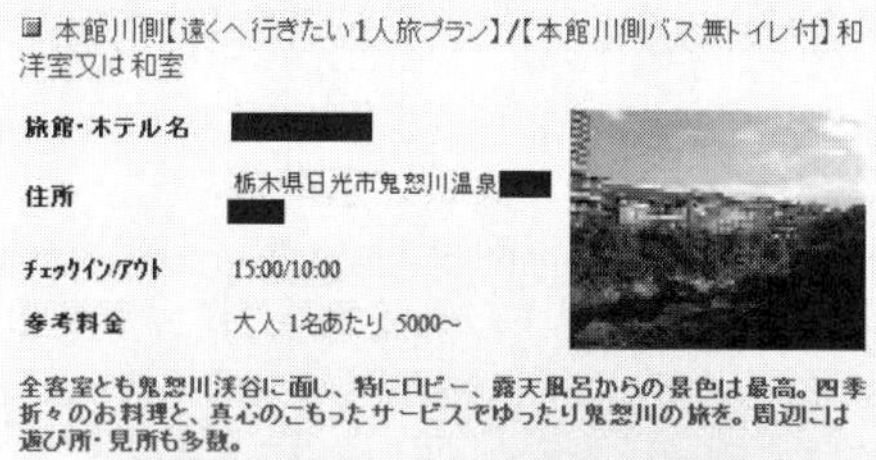

本館川側【遠くへ行きたい1人旅プラン】/【本館川側バス無トイレ付】和洋室又は和室

旅館・ホテル名	[redacted]
住所	栃木県日光市鬼怒川温泉[redacted]
チェックイン/アウト	15:00/10:00
参考料金	大人 1名あたり 5000〜

全客室とも鬼怒川渓谷に面し、特にロビー、露天風呂からの景色は最高。四季折々のお料理と、真心のこもったサービスでゆったり鬼怒川の旅を。周辺には遊び所・見所も多数。

7千円部屋の廊下はイイ感じ
きれいな和室に……
内風呂もあり
7,000円

お辞儀がなく、カガミが割れ、お湯が出ない

3月上旬。オレは友人A君を率いて鬼怒川温泉へと向かった。

本日、オレは5千円コース、A君は7千円コースで予約しており、まったく他人のフリで泊まることになっている。5千円コースの内容を、通常コースとの比較でより鮮明に見てみようというワケだ。

大通りを5分ほど歩いて見えてきた『F』は、見るからにくたびれた旅館だった。玄関から中をのぞくと、ロビーは殺風景だし薄暗いし、受付はおばちゃんだし。

2人はほぼ同時にフロントへ。まずはA君からチェックインを始める。

「いらしゃいませ。お疲れさまです」

「どうも、7千円で泊まらせてもらうAですけど」

「お待ちしておりました。遠いところありがとうございます」

深々と頭を下げるおばちゃん。

「大浴場は24時間やってますので、いつでもお入りになってください。一度、非常口の確認をしておいてくださいね」

後ろに並んで聞く限り、ごく普通の対応だ。では、次にオレ。

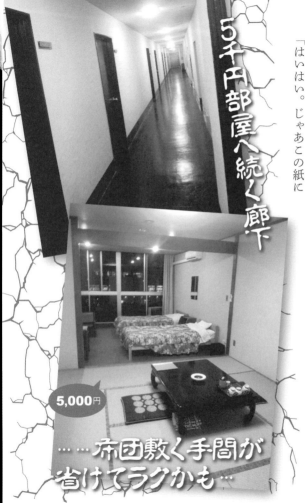

5千円部屋へ続く廊下

「いらっしゃいませ。お疲れ様です」

「どうも、5千円で泊まらせてもらう仙頭ですけど」

「はいはい。じゃあこの紙に

……布団敷く手間が省けてラクかも…

住所と名前を書いてくれますか」

ん？　A君にはお辞儀したのに、オレにはしないの？　非常口の確認は？　5千円客は火事で焼け死んでもいいってこと？

思い過ごしかもな。気にせず宿帳に記入し、部屋へと向かう。そうだ、先にA君の部屋を見とこうか。ピポパ。

「何号室にいるの？」

「んっと、新館の3××号だよ」

A君の部屋は掃除の行き届いたオーソドックスな和室だった。畳も真新しい。7千円でこれなら十分だ。

じゃ今度はオレの部屋に行こう。目的の部屋番号を探し、廊下を歩く。本館の3△△号、3△△号と……。天井では切れかけた蛍光灯がチカチカ光っている。なんだかさっきとぜんぜん雰囲気が違う。A君とこ（新館）の廊下は格子木の並ぶいい感じだったのに、こっち（本館）は殺風景なビジネスホテルみたいだ。

3△△号は、なんとトイレの真向かいだった。玄関にはなぜか人工芝が敷いてあり、部屋は和室と洋室がくっついている。和洋折衷ってやつでしょうか。

にしてもどうしてタンスの鏡が割れてるんだろう。どうして内湯がユニットバスで、

部屋の前は
トイレだった
なんでこうなる？
ちょっと怖い
直す気ナシ
と見た
湯
お詫び
ただいまお湯がご使用になれません。
ご不自由をおかけしますが、
お湯は大浴場をご利用下さい。

しかもこんな貼り紙があるんだろう。
〈ただいまお湯がご使用になれません〉
ま、温泉だから内湯なんか使わないけどさ。

オレの晩メシ、湯葉だらけかよ！

気をとりなおして大浴場へ。先に浸かっていたA君と同じ湯を堪能する。シャンプーも石鹸もA君と一緒。そりゃそうだ、こんなとこで差別されてたまるか。ひゃー、気持ちいい。

しかし、風呂から上がって浴衣に着替えようとしたとき、A君が妙なことを言う。

「ハンテンのガラが違わなくないか？」

ホントだ。A君はしま模様なのに、オレのは無地。このガラで5千円客を区別してるとか？　まさか考えすぎでしょ。とにかくメシでも食おうぜ。

夕食は部屋出しではなく、通常コー

見た目で判断できるようにしてるんだろうか

スも格安コースもだだっ広い宴会場で食べるスタイルだった。お膳の上にそれぞれ名前が書いてある。A君は向かって右のスペース、オレは左だ。

どれどれA君はどんなメニューなのかね。ちらっと覗いてみる。まず目立つのは刺身の舟盛りだ。マグロ、ハマチ、サワラ、イカ。なかなか旨そうだ。他には天ぷら、うどん、湯葉の刺身に小鉢が3つと漬物。このラインナップなら刺身がエースで4番か。

「ふーん、まあまあだね。んじゃオレの席あっちだし、また後で」

いそいそと左スペースのオレのお膳に。ラインナップはA君とほぼ一緒だが、まだ刺身が来ていない。さばいてる途中か。てことはオレのほうが新鮮ピチピチかもね。

ビールを頼み、手酌でグイッ。やっぱ風呂上りの一杯は旨い。早く刺身持ってきてよ、仲居さん！

しかしいくら待てど、誰もやってこない。どういうことだ。A君にはお酌するおばちゃんまでいるってのに、こっちはほったらかしかよ。

「ちょっとおばちゃん、すみません」

A君のそばを離れて、おばちゃんがやってくる。

「どうされました？」

「お刺身そろそろ持ってきてもらっていいですよ」

7,000円
A君は刺身を肴にお酌してもらってるのに
湯葉をつまみに手酌するオレ。
泣きたい……
5,000円

「これで全部ですよ」

え、ウソ？ 主役が来てないじゃん。

「この湯葉がそうですが」

なるほど、確かにこの湯葉のナベはA君のとこにはなかった。つまり刺身の代わりに、あったかい湯葉をツマミに…って、オレの晩メシ、湯葉だらけかよ！ 禅宗の坊主じゃないっての！

苦笑しながらてくてくとA君の元へ戻っていくおばちゃん。なんでオレにはビール注いでくれないの？

朝メシは両コースともまったく同じだったのでなんとか面目を保った形になったが、とにかくオレの感想は一言だけだ。

「二度と泊まるもんか！」

安いもんにはそれなりの理由があることをまざまざと思い知らされた。この旅館、新館を増築したはいいが本館を取り壊すのも金がかかるので、ならば貧乏人でも押し込んでしまえと考えたんだろうか。

地下に秘密のトンネルが？ あの売春婦は大金持ち？ 新宿・歌舞伎町の都市伝説を調査する

新宿・歌舞伎町の散策をライフワークにしている。飲んだり抜いたり、ぼったくられたりすることまで含め、欲望が渦巻いている土地だけに、とにかく愉しくて仕方ない。

今回は、そんなオレが気になって仕方ない、歌舞伎町の2つの噂を検証してみたい。

さくら通りの地下にそんなものが!?

1つ目は、歌舞伎町の代名詞的スポット、巨大ショ

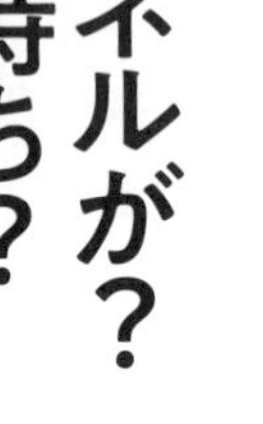

月刊『裏モノJAPAN』2017年7月号掲載

ーパブ『ロボットレストラン』（通称・ロボレス）にまつわる噂である。

２０１６年のはじめ頃、ロボレスの正面、『さくら通り』を挟んだ向かいのビルの地下1階に『タンクガール』というガールズバーがあったのだが、そこに飲みに行った友達がこんなことを聞いたという。

「ロボレスとタンクガールって経営母体が一緒で、掛け持ちで両方に出ている女の子もけっこういるんだって」

「へえ」

「で、そういう子たちが行き来しやすいように、ロボレスとタンクガールは地下トンネルでつながってるっぽいよ」

そう、オレが気になっているのはこのトンネル話だ。公道であるさくら通りの地下にそんなものが!? にわかには信じがたいのだが…。

その後、しばらくしてタンクガールは閉店し、現在、向かいのそのビルはロボレスのチケット売り場として使われている。もし話が本当ならば、今も地下トンネルがそのまま残っている可能性は高い。どうにかして調べられないものか？

そこで思いついたのが、両手にＬ字型の針金を持って行う地中調査術、『ダウジング』である。

どういう理屈かはよくわからないが、地下に構造物があると、針金（自作可能）が勝手に動くとのこと。トンネルも構造物と言えるだろうから、存在を確かめることができるはずだ。

というわけで夕方5時。自作した針金を持ち、歌舞伎町にやってきた。ロボレスはすでに営業中で、入り口付近は外国人観光客で混雑している。みなさん、ちょっと脇に寄ってちょうだいな。

通りの真ん中で針金を構える。呼び込みのスタッフが、営業の邪魔だよと言わんばかりにジロジロ見てくる。ここは公道なんだから文句を言われる筋合いはない。なんならオタクらのほうが地下道なんて掘っちゃってるわけだし。

針金に神経を集中させる。さぁ動くかな？

んんん？

…反応なし。つまりトンネルなし。はい、ガセでし

たとさ。

6LDKはありそうな超立派な一軒家

2つ目の検証に入ろう。

歌舞伎町に一人の名物立ちんぼがいる。年齢は40代前半くらい。アントニオ猪木のようなシャクレ顔。毎日のように町に立っているうえ、路上で客を引くだけでなく、テレクラや出会い系も使って売春している人物だ。

彼女にはこんな噂がある。

「しこたま金を貯め込んでいる。売春で稼いだ金でマンションも買っており、実は大金持ち」

いかにも繁華街の与太話っぽいが、どうなんだろう。

平日の夜10時半、出没スポットである歌舞伎町『一番街』で彼女を見かけたので、尾行してみることにした。どこに住んでいるのかわかるかもしれない。

彼女は、テレクラの前をウロついたり、コンビニのフードコートでスマホをピコピコ(おそらく出会い系を)やったり。1時間ほどは、目立った動きはなし。

動きがあったのは、23時45分ごろだ。新宿駅へ向かって歩き出した。出会い系のアポが取れたのか？　あるいは帰宅かも？

新宿駅までやってくると、私鉄の特急電車へ乗り込んだ。

いったいどこへ向かうのだろう。つり革に摑まり、スマホをピコピコやっている。やはり行先は出会い系のアポだろうか。

それとなく後ろに回り込み、スマホの画面をのぞいてみる。

宛先　○○自宅

これから帰ります

メールである。そしてこの文面ってことは、帰宅の線が濃厚だが…

誰に向けての連絡だろう。家族と一緒に住んでいるのだろうか？　いや、待てよ、宛先の『○○』は苗字だし、家族のメアドをスマホに登録するときに「○○自宅」なんて名前にするだろうか？

約30分後。電車を降りた場所は、付近に大学が複数ある郊外の大型駅だった。

改札を抜けてまっすぐバス停へ。一切迷うことなく深夜バスへ乗り込んだ。何度もこの場所へ来ていることは間違いない。

バスに揺られること20分。彼女が降車ボタンを押した。フェンスに囲まれたダダっ広い施設の通り沿いの、閑静な住宅街だ。

バスを降りた彼女に続き、さらに尾行を継続。たどり着いたのは、2階建ての6LDKはありそうな超立派な一軒家だった。彼女は特にインターホンを押したりすることもなく、自分で玄関のドアを開けて入っていく。ここが自宅なのか？　まさか売春で

電車の次はバスに

一戸建てを買っちゃったのか？

表札に『○○』とあった。ここが住処であることは間違いないだろうが、やはりスマホの登録名の疑問が残る。ここは誰の家なんだろう？

なるほど、〝パトロン〟的な人物の家なのかもしれない。売春で捕まえた金持ち男の家に住まわせてもらっているのでは？

結論。彼女が大金持ちかはわからないが、いい家には住んでいるようです。

第4章

そのエロい噂は本当か？

オイシすぎる男の楽園に潜入!

ハメてハメてハメまくったソウルの夜（と朝と昼）

韓国「エスコートサービス」

月刊『裏モノJAPAN』2011年4月号掲載

近ごろはウォン安傾向もあり、韓国にはかなり安く旅行できる。観光や買い物はもちろん、風俗遊び目的で出かける人も多い。

そこで一度体験すればゼッタイハマると評判の風俗が、「エスコートサービス」である。丸々一日、とことん女の子とデートできる遊びのことだ。

まずセックスしてメシ食いに行ってからまたセックスして、買い物に行ってからまたセックスしてと、つまりヤッてヤッてヤリまくれるのだ。

これでいくらかというと、相場は5〜10万円。安い！

冬ソナのヒロインとキム・ヨナちゃん

1月下旬。午後。ソウル・金浦空港に到着したオレは、さっそくエスコート業者「D」に電話をかけた。ネットで評判が良かった業者に、事前にホームページ（日本語）から申し込んでおいたのだ。

電話にはカタコト日本語のオッサンが出た。

「セントウさんね。予約ちゃんと入ってるよ。大丈夫よ」

Dのシステムは、昼2時から翌朝までの流れだ。コースは4種類（4、6、8、10万円）。女性のレベルが違うらしく、今回は少しフンパツ、少しケチって6万円のコースにしておいた。

　このコースは、女の子が全員、日本語をしゃべれて、2人の中から1人を選べる。さてどんな子と会えるのかしら。ワクワク。

　期待に胸を膨らませ、電車を乗り継ぎ、中心部のミョンドンへ。ホテルにチェックインしたのは、午後2時ちょっと前だ。

　そして2時。ピンポーンと部屋のベルが鳴った。来た来た来た、来ましたよ！

　ドアをゆっくり開くと、そこには冬のソナタのヒロインに似た熟女美人が。そして後ろにはキム・ヨナっぽい若めの娘が立っていた。

　うっひょー。いいじゃん。2人とも、日本のソープなら1発6万くらいのレベルじゃないの。

「まあ、入りなよ」

「おじゃましまーす」

流ちょうに日本語をしゃべる2人は部屋に入り、オレの目の前に並んで立った。

「じゃあ、選んでください」

待て待て、そう急かしなさんな。メシ屋のメニューじゃないんだから、いきなり決められないって。うーん悩むなあ…。

冬ソナは、熟女ならではの濃厚なプレイが楽しめそうだけど、顔はヨナのほうが好みなんだよな——。

悩んだ末、やっぱ若いほうがいいというシンプルな理由でヨナちゃんに決定した。よーしヤリまくるぞ。

「何カップなの?」「日本だとFくらい」

冬ソナを帰して、ヨナちゃんと2人きりに。今この瞬間から、ヤリまくりタイムが始まったことになる。

「名前は?」

「ユーミです」

ハングル語ではこう書くのよと、彼女は教えてくれた。ユーミは27歳。元々、子供服のデザイナー職についていたらしいが、仕事があまりなく、1年ほど前からエスコートバイトをしてるという。

あらためて本当にいい女だと思う。ウェーブがかかったロングヘア。ぷっくりしたくちびる。フェロモンムンムン。堪らんなあ、もうヤリたくなってきたよ。

「とりあえず上着脱いだら？」

「そうですね」

ブラウスの胸元からくっきりとした谷間が見えた。ほほー、キミはなかなかの巨乳だね。ちょっとつついてみよう。

「えいえい」

「もうぉ〜」

ジャレるようにオレの手を払うユーミ。開始5分で襲いかかるなんて、さすがにガッツき過ぎと思われるだろうか。いや、オレが別にそんなこと気にする必要ないだろう。

「ちょっとこっち来てよ」

体を引き寄せると、彼女は「もう興奮しちゃったの？」とでも言いたげにニヤっと笑う。そうだよ、興奮したんだよ。

そのまま抱きつきキス。ブラウスの上からオッパイをモミモミ。

「何カップなの？」

「うーん、韓国と日本でブラのサイズ違いますから」

「そうなの？」

「日本だとFくらいだと思う」

Fですか。スバラシイ。実にスバラシイ。

「どうしますか？　今日はこのままお部屋でゆっくりしますか？」

ボインの君にしちゃう！

恋人になりました
（見た目上）

「は？」

「せっかくだし明るいうちにドコかに行ってもいいですよ」

本格的に絡み始めてからだったら一蹴した意見だが、このときは、それもそうだなぁと思った。せっかくだしどっか行こうか。


「ユーミ早くおいで」「マー君、ちょっと待ってよ」


とはいえ、セックスのことしか考えてきてなかったオレ、あれこれ調べて来てない。観光地図を見てもよくわからないし。ここはユーミにおまかせしよう。

「じゃあ、このお寺とか、こっちの広場に行ってみますか？」

「何ここ？」

「有名だよ。1万ウォン札に描いてる人の像とかあるし」

ふーん。興味ねー。でも行ってみっか。ユーミと腕を組んでソウルの街を歩く。道行く人が、いい女を連れてんなという目で見てる気がする。ちょっといい気分。

お寺も広場も、それ自体はなんてことない場所だった。しかも、寒いし。なんせ気温がマイナス10度だ。

でも、こうやってデート気分で観光するのは悪くない。

「ユーミ、早くおいで」

「マー君、ちょっと待ってよ」

ああ、そんなかわいらしく呼ばないでくれ。楽しいなあ。いよいよキミを抱きたくなってきたぞ。

お寺を見終わったあと、タクシーでホテルへ。部屋に入って、ユーミに抱きつく。キスをしながら、服を脱がせれば、ボロンと大きなオッパイが跳び出してきた。しゃぶりついちゃいますよ!

肌もすごくスベスベしてる。アカスリのおかげ? それともキムチ? あらら、いきなりフェラしてくれんのね! うわっ。うまい。ちょっと待て待て。そんなにしたらイってしまうじゃないの。

コンドームを装着して、いざ合体。5分も持たずに果てた。

チヂミを食ってマッコリ飲んで

素晴らしいセックスだった。これだけで、3万円分は元を取った。

セックス後は、再び外に出ることにした。向かうは、ソウルの中心、ソウルタワーだ。

「一番の観光スポットだからいったほうがいいよ」

そろそろ夕方、今から登ればちょうど夜景が見えるとユーミは言う。いいガイドさんだ。ケーブルカー乗り場にはカップル客が多かった。何だかホントに恋人気分になってくる。もしかして、ユーミちゃんもそんな気分になってたりして。ああ、またムラムラしてきたよ。

展望台のちょっと暗がりのところに連れ出し、ユーミのおしりをこちょこちょと触ってみる。さわさわさわ。楽しい！

「じゃあ、何か食べて帰ろうか」

「何を食べたい？」

「オススメは何？」

ユーミはチヂミの専門店に連れていってくれた。地元の人間がいっぱいの大衆店だ。これがまたウマイのなんの。マッコリに合うねー。

「おいしいでしょ〜」

「おいおい、酔っぱらってない？」

「大丈夫よ〜」

マッコリのせいで勃起してきた。チヂミ屋を出てすぐゴーバックホテルだ。今度は10分は頑張るからね！

今まではゴム付きだったのに

濃い二発目を楽しんだせいで、ぐったり眠ってしまった。目を覚ますと、ユーミも裸のまま眠ってる。時刻は深夜1時。もうこん

お粥を食べて……

まだヤルよ！

な時間か。エスコートも半分終わったなぁ。

何気にユーミの体を触っていると、カノジョが起き出し、オレにおおいかぶさってきた。そして、これまで以上に、荒々しくフェラってくる。

そしていきなり生で挿入してきた。今まではゴム付きだったのに。これこれ、そんなに激しく腰を振らないの！

体位を何度も入れ替えたあと、最後は腹の上に出した。いやー、まだ出るもんだな。

生セックスが終わって深夜3時、小腹が空いたので近所のお粥屋へ向かった。

「ね、おいしいでしょ」

「そうだね」

美女とお粥をすする、ソウルの夜。なんだかいいなあ。旅だなあ。

メシを食ったら何だか元気になり、ホテルに帰ってもう一回ヤッた。もちろん生で。

翌朝、目覚めたのは午前10時。エスコート終了までまだ時間がある。仕上げにもう一発かましておこうか。

まったくこの旅における我がチンコ君は元気いっぱいだ。昨日のチヂミのおかげかしらね。


ホテルの前でタクシーに乗り込む彼女を見送り、全行程は終了した。

オレ、必ずまた来ます。今度は冬ソナ指名しちゃおっと。

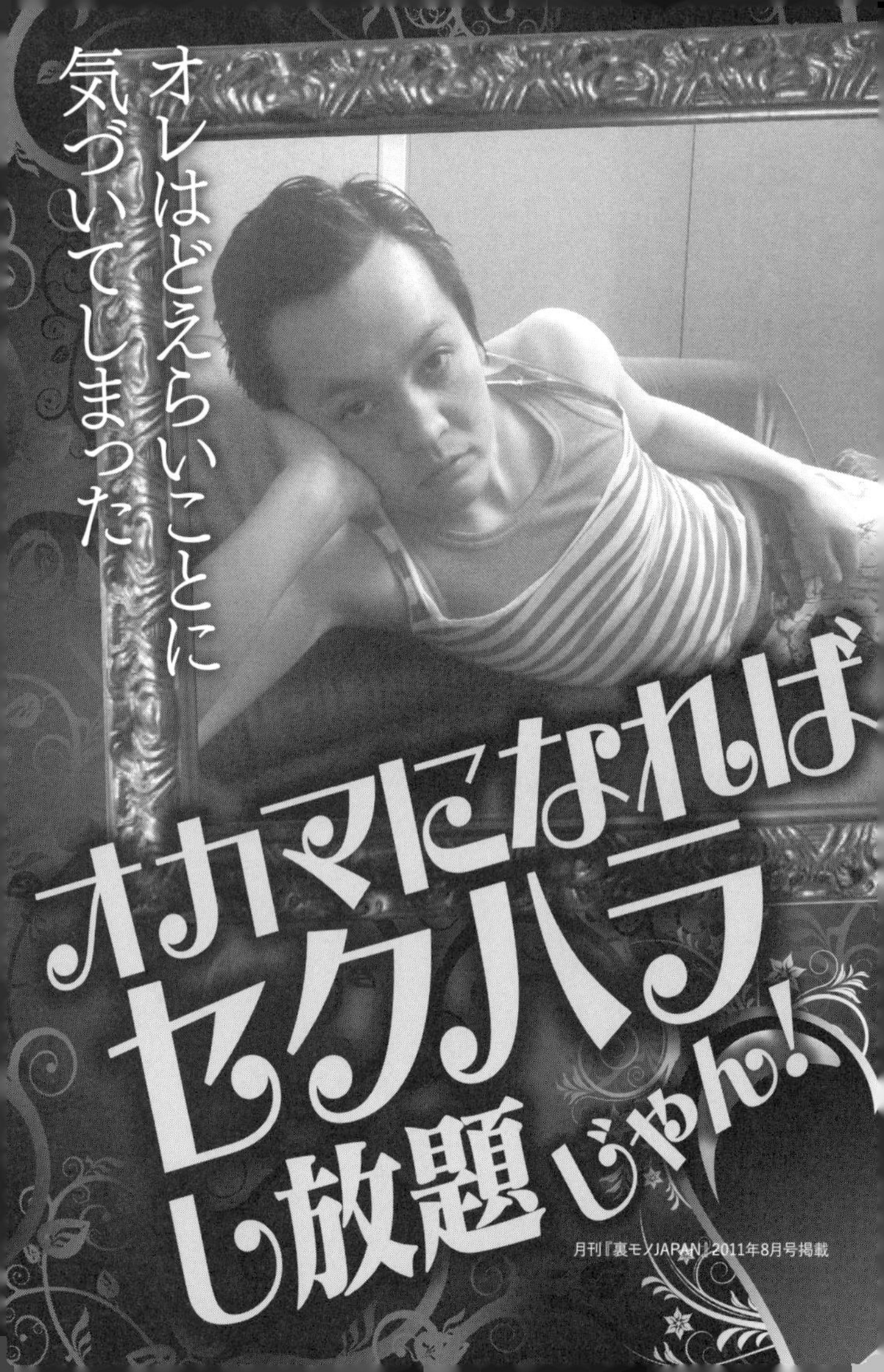

オレはどえらいことに
気づいてしまった

オカマになれば セクハラし放題じゃん！

月刊『裏モノJAPAN』2011年8月号掲載

オカマが、のしている。

楽しんごや、マツコ・デラックス、はるな愛、クリス松村などなど、テレビをつければ気持ち悪いのばっかだ。

ヤツらの間ではゲイ、ホモ、女装子といった棲み分けがあるみたいだが、オレからすればみんなひとまとめにオカマだ。

ひと頃までは気持ち悪がられていた人種だったのに、最近は完全なる人気者で、あろうことかヤツらは女性タレントにセクハラまではたらいてやがる。「あなた、胸でかいわね」とか言いながらタッチとか。

女性タレントさん、あんたにベタベタ触ってんの、男ですよ。女ちゃいますよ。なんでそんなに警戒心なくすかなあ…。

んん？　んん？　これってオレもオカマになればセクハラし放題ってこと？

女装のオカマは、一瞬でも気持ち悪いと思われたらそこでアウトだ。目指すなら、楽しんごタイプしかなかろう。

シャツは、ピチピチサイズのボーダータンクトップを選び、セクシーさアピール。色はピンクだ。

パンツは白。これまたピチピチサイズで、絵の具をブチまけたような柄が入っている。

髪型はジェルでぴっちりと撫でつけた。タイトなヘアスタイルはオカマの基本だ。

さあ、やるわよ！

「ちょっと触らせてみなさいよ」

渋谷駅ハチ公口。いろんな格好をした若者がいるが、オレがダントツ一番ピチピチだ。

ベンチに、デニムの短パンをはいた女の子が座っている。隣へゴーだ。

さあ、声をかけるぞ。

「あら、あなたも待ち合わせ？」

言っちゃった、オネエ言葉。意外とすんなり出てく

あなた、エロい太ももね
その内股やめろ

ちょっと触って…

るものだ。

「エロイ太ももね」

「ははは」

「それに、胸もデカそうね」

「そんなにないし」

会話がつながってる。警戒心がない証拠だ。

「ちょっと触っていい？」

胸に手を伸ばしたところで、彼女は逃げてしまった。唐突すぎたか。

お次は、金髪ミニスカの女の子だ。そっと近づく。

「あなたも待ち合わせ？」

「…まあそんな感じ」

「洋服とっても似合ってる」

「そっちのピンクもいいじゃん」

いい感触だ。オカマってだけで、なんでこんなに無警戒になるんだ？

「髪の毛、素敵ねぇ。そのブレスレットはどこで買ったの」

「タイ」

触らせてみなさいよ

うらやましいわぁ
捕まらないのか？

「そのネックレスは？」

「エジプト」

「あなたいろんなとこ行ってるわね。おっぱい小さいクセに」

「言わないでよ。気にしてるんだから」

「ちょっと触らせてみなさいよ」

流れがナチュラルすぎる！　オレって天才か！

胸を指先でムニュムニュと押してみる。

「これだけあれば、あなた十分だわ」

ムニュムニュ。

「私なんてまったくないもの。うらやましいわ」

ムニュムニュ。

彼女の目は笑ってる。どうやらオレはとんでもない手法を編み出したようだ。


「あなた、それ着てみなさいよ」


次なるセクハラ舞台は、服屋の試着室だ。

女って、オカマに着替えを見られることくらい気にしないいんじゃないだろうか。一緒に個室に入って「似合うわね」「そう？」みたいな。

大型店舗の中をぐるっと回った後、ＯＬ風の一人客に狙いを定めた。彼女はクマ柄のＴシャツを選んでいる。行くわよ。

「あら、そのクマさんかわいいじゃない。あなたクマさん好きなの？」

「…まあ、はい」

「私も好きなのよね」

まったく逃げない。オカマって便利だなぁ。

「あなた、それ着てみなさいよ」

「いや、いいです」

「着てみたらいいじゃない。そうだ、私が見てあげるわよ」

「いいよ別に。あははっ」

笑った彼女は、逆にオレにすすめてきた。

「これ着ます？」

あら、こんな展開？　困ったな。着たほうがいいのかな。

「そうね、着てみるわ」

オレはクマＴを持って試着室へ向かった。彼女も後ろをついてくる。個室の外で待ってくれるみたいだ。

ごそごそ着替えてカーテンを開く。

「どう、似合う？」

「いいですね」

「乳首透けてない？」

「ははっ、大丈夫です」

うーん、これってセクハラじゃないよな。


「じゃあ一人エッチは？」「あははっ。たまに」


さあ、次は女性下着の売場へ向かっちゃえ。オカマだったら不審がられないだろうし。

派手なパンツやブラが並ぶ店内で、宝生舞似の美形ちゃんを見つけた。タイプだ。どんなパンティーはくんだろう。

「ねえあんた、選ぶの手伝ってくれない？」

美形ちゃんは目をランランさせて食いついてきた。

「どんな方が着るんですか？」

「あんたみたいな子よ。例えばあなたならどれ欲しいの」

　彼女が選んだのは、Ｔバックだった。

「あなた、こういうの好きなの?」

「もっぱらこれ」

　もっぱらと来ましたよ。宝生舞ちゃんがＴバックですか。

「今もはいてるの?」

「はい」

「ちなみに何色よ」

「オレンジ」

　オレンジのＴバックっすか。くはーっ、タマりまへんな。

「勝負下着とかはどんなのよ」

「赤のレースとか」

「そんなので男をたぶらかしまくってるんで

しょ」

「彼氏としかヤラないし」

下ネタ、ぜんぜんＯＫです。さっき会ったばかりの男に、ヤルとかヤラないとか平気で言います。

「カレとは週何回くらい？」

「週１くらい」

「じゃあ一人エッチは？」

「あはは。たまに、って言わせないでよ！」

こんな美人な子が、たまにオナニーすると告白してきました。オレ、このままオカマとして生きようかしら。

「ひざのカバンのけてくれるかしら」

言葉のセクハラだけでは物足りない。せっかくオカマになったんだから、女の柔肌に触れてナンボだ。

というわけで、向かうはインテリア売場だ。展示品のベッドやソファに座りながらイチャこくってのはいかがだろう。

ソファ売り場に、ボーダーのワンピースを着た女の子が一人いた。きれいなナマ脚を出してる。あれに顔をうずめてやりたい！

さりげなく接近し、まずは独り言から。

「どれがいいかしら」

そのまま彼女が見ていたソファアに腰を下ろす。

「これいいわね。あら、あなたも座ってみなさいよ」

「え、いいですよ」

ワンピースちゃんは、オレの頭から足元までをマジマジみている。

「あはは。あなたと私、ボーダーおそろだわね」

「そ、そうですね」

「でしょー。だから座ってみなさいよ」

言ってるオレ自身、意味不明だと思ったが、オカマには多少の強引さは許されるらしい。彼女はソファアに腰掛けた。

「いい感じでしょ？」

「そうですね」

「カレシともイチャイチャしやすそうな大きさじゃない？」

「ははは っ。ちょっと硬いんじゃないですか」

「ちょっと試してみていいかしら?」

ワンピースちゃんのほうに倒れ込み、ひざまくら体勢になる。

「まぁ、ちょうどいいわ」

「ちょっ、ちょっとぉ」

膝元のカバンのせいで、ナマ脚に届かない。

「イチャつきかたを試してるのよ。あなた、ひざのカバンのけてくれるかしら」

「もぉ〜、のいてよぉ〜」

おっ、今、おっぱいが頭に当たったぞ。やった!

「誰が一番おっぱい大きいかしら」

ぶらりセクハラ散歩をしてるうちに夜になった。最後はやっぱりクラブでキメたい。触りまくってやるぜ。

クラブ店内はゲロ混みだった。若い女の子もかなりいる。あんたらのオッパイ、いただくわよ。

まずはバーカウンターで飲んでる一人女に近づく。

「あなた、よく来るの？」

「たまにだよぉ～」

「いいわね、ウデ細いわ」

「そんなことないよ」

「わたし、細い腕とか何気にうらやましいのよね」

撫でるようにペタペタ触ってみる。うん、いい肌だ。

「あら、ちょっとあんた、腕だけじゃなくて、いい乳してるじゃない」

そのまま胸に手を伸ばしてモミモミ。わーい、拒まれないし。

テンションが上がってきた。ダンスフロアに行ってみよう。おっと、女の子グループ発見！

「あんたたち、何人で来てんの？」

「4人ぃーん」

「かわいい子ばっかりね。誰が一番おっぱい大きいかしら」

順番に胸をタッチしていく。ごちそうさま！

次は派手に露出してる女の子へ。

「ちょっとあんた、エロイ服着てるわね」

「そっちもスゴイじゃん」

「あんた、乳出しすぎなのよ。ほら、これ何よ」

モミモミ。柔らかーい。もう、やりたい放題だわ。

「サイコーよぉ。もうサイコー」

音楽に合わせ、思わず飛び上がった。人生最高の時

かもしれない。

再びバーカウンターに戻ると、ハーフ顔の女の子が一人で飲んでいた。

「あなた、何一人で寂しそうに飲んでるの」

「えーなにぃ？」

「うーん、かわいい。抱きついちゃいたいわ」

そのまま抱きついて、ほっぺにチュッ。

う〜ん。甘酸っぱいわ。ほら、もっとチュッチュッ。もう、オカマ最高！

月刊『裏モノJAPAN』2010年6月号掲載

マンコやアンコじゃ駄目なのよ
生の『オメコ』を聞きたい

この企画は、高知出身で現在は東京シティ人として生きるオレの、素朴な願望から生まれている。

『女の子の口からオメコの言葉を聞きたい』

この3文字ことば、下品なエロ劇画や小説では見ないこともない。「オメコ見んといて〜」「オメコ感じるわ〜」とか。

でも現実には聞かない。どちらかといえば関西文化圏に属する高知に住んでたころも、女が口にするオメコは記憶ゼロだ。男はたまにふざけて言ってたけど。

「マンコ」は東京にいればしょっちゅう耳にする。若い女でも、くだけた仲になれば平気でマンコマンコの連発だ。

あれは興奮しない。なんというか、記号みたいというか、生きた言葉じゃないっていうか。「アソコ」とあんまり変わらないレベルです。

その点、オメコは響きからいって違う。生活に根ざしてて、どこかネッチョリしてて、そして恥ずかしい感じ。皆さんも口にしてください、オメコと。顔が赤くなりませんか？

もしこいつを女の子の口からナマで聞けたら、なんかうれしいじゃないですか。頬を赤らめながら小さな声で「…オメコ」とつぶやかれた日にゃ、大変なことになりそうですよ。よし、大阪へゴーだ。

といっても、ただその3音が並べばいいってもんじゃない。明確なルールを設けておかねば。

ルール1✹ここ、何て言うの？　と方言を問うような質問はNG。あくまで自然な流れでのオメコでなければ。

ルール2✹セックスを意味するオメコは対象外。たとえば、オメコしよう、なんてのはアウトだ。

ルール3✹最初にオメコ以外のことばが出てくれば終了。言い直しで出てきたオメコは「生」ではない。

「どこがジンジン？」「どこがって、ねぇ」

4月、春の陽気に背中を押されて、大阪に向かった。

可愛いコがたくさん歩いてるけど、声をかけたところで自然と生オメコが出るわけがない。

「どこか性感帯はありますか？」

「はい、オメコです」

ないない。

なのでまずはキャバクラに行くことにした。下ネタに応じやすいキャバ嬢のこと、かわいらしく喋ってくれるんじゃないでしょうか。

適当に京橋のキャバクラに入り、席で待っていると、元ＡＫＢの篠田っぽい子が来た。魔女のように長い付けヅメをしている。

「お客さん、東京から来たんですか？」

「そうだけど、キミは？」

「豊中」

知らない。でも大阪府ならオメコ圏内でしょ。

「そこには、キミみたいな美人がいっぱいいるのかな？」

「もー、何もでませんよ。あ、私もこのまえ東京に行きましたよ。今度行ったときは案内してくださいね」

ノリのいい子だ。でも今日はそんな営業トークはいらんのだ。

「キミは何かエロイよね」

「そうですか」

「うんエロい。エロすぎる、そのツメとか、グラスの持ち方とか」

ニコっと笑う彼女。何を言いたいのかわかったのか、オレのグラスをやらしくなで回す。

「えー、こうですか？」

「そうそう」

「むかし、付き合ったカレシとかは、パンツの上からネイルでツーとされるだけでヤバイって言ってました」

下ネタＯＫね。じゃあこのまま突っ走りましょう。

「イジりながらキミも、けっこう感じるんでしょ？」

「わかります？」

「ジンジンしてくると」

「まあそんなカンジ」

「どのへんが？」

「え…」

「どこがジンジン？」

ネイル自慢のキャバ嬢登場
あそこ。
どこがジンジンするの？

「どこがって、ねえ」

「どこ？」

「あそこ」

カーン。終了～。あそこなんて言うコは失格です！

「どこがクチュクチュしてるの？」

キャバ嬢ってのはカッコつけが多いから、生オメコのターゲットには適してないかも。

東京のキャバも「あそこ派」が多いもんな。やっぱここは風俗に向かうのが正解か。

京橋駅から小汚い通りをふらふら歩くと、客引きのニーちゃんがいた。

「ここ、ピンサロ？」

「はい、すぐ行けますよ。若い子いますよ」

「その子、大阪の子？」

「はいはい、いますよいますよ」

通された店内は、ダンスミュージックがガンガン流れていた。ったくうるさいなあ。

これじゃ、ちゃんと聞けないじゃないか。

まもなく店の奥から、丸っこいのがこっちに向かってきた。顔も体もぷにょぷにょしてる。

「待たれました？」

「ぜんぜん。大阪出身？」

「そう。堺のほう」

「いくつ？」

「19」

若い。ってことは、小3でオメコの名称を知るとして、まだ使い始めてから10年ほどしか経ってないはず。どうなの？　言うのかオメコ？

さっそく彼女がオレの股間に頭をうずめた。ペロペロペロ。

「玉も舐めて」

「…はい」

チロチロと玉を舐める彼女。お礼とばかりにおっぱいをモミモミすると、陥没乳首がピョコンと飛び出してきた。いいぞ、興奮してきたかな。

お股に手を伸ばす。おやおや、ずいぶんウェットだ。

「イイ感じになってるね」

「……」

「クチュクチュいってるけど」

「…はい」

「いやらしいなあ、どこがクチュクチュしてるの？」

「……」

「なになに？　聞こえない」

「…オマンコ」

終了！　堺出身なのにオマンコなんて上品なことば使うんじゃありません！

おばはん、わざと難しく言ってないか？

若いコじゃオメコは厳しいかなあ。花も恥じらうお年頃だし、あるいは東京の文化に染まっちゃってるのかもな。

こうなりゃ次はテレクラだ。ヤサグレた中年女性ならきっと恥じらいもなく言ってくれるぞ。

心斎橋の店に入るや、わずか10分でエンコーアポが取れた。相手は自称32才。どうせサバを読んでるだろうから38歳と踏んだ。行ってみよう。

待ち合わせ場所には、いかにも生活に疲れたブサイクなオバハンがいた。さらにプラス2歳にしておこう。ホテルまでの道すがら、話を聞くと、この人の地元は下町の天王寺らしい。コテコテ感の強い町だけに期待が持てる。

1万円を支払い、いざ、プレイへ。チンコを舐めながら、彼女は言う。

「気持ちいい？」

「うんいいよ」

「そやろ？　得意やねん。あんた、ナマ派？　ゴム派？」

「ん？」

「私はまあ、いつもはナマ外出しやけど」

ってことは、テレクラ客とナマでやってるのかよ。汚いマンコより格段に不潔な汚いオメコなんだなあ。汚いオメコがするよ。

カンジがするよ。

攻守交代してオレが攻めることになった。股間をイジりながら機をうかがう。

「オナニーとかするの？」

「生理前はな」

「どういうカンジで？　ちょっとやってみて」

彼女が手を股間に触れた。

「こんなカンジ。あんたも触って」

「どこを」

「そこらへん」

「そこらへんって？」

「その膣んとこ」

はあっ？　膣んとこって、なんだその言い方は。

「そうそう、穴の…、そう穴んとこ」

膣とか穴とか、おばはん、わざと難しく言ってないか？　あんたのキャラなら、ここは迷うことなくオメコの出番だろ！

もう帰ろうと手マンを中止したら、すっぱいニオイが立ち上ってきた。うげ〜。やっぱこの女、病気だわ。

60歳以上との3Pでついに！

オメコは死んだのか。大阪のド真ん中でもオメコは絶滅しているのか。ならば広辞苑からもYahoo!辞書からも除外しなきゃイカンぞ。いたずらに夢を抱かせるなんてヒドイじゃないか。

天王寺駅前のベンチでビールをやりながら途方にくれるオレ。とそこに、どこからともなくヘンテコな2人組が現れた。

「ニーちゃん、寒いねぇ」

そう言って、サッカー岡田監督似のオババがオレの横に座る。続いて、アゴがクシャっと萎んだオババも並んでその隣へ。

「おばちゃんたち、もう帰るとこなんやでぇ」

なら帰ればいいのに、なんですの？

「2人でイチゴーやけど？」

こいつら立ちんぼか？　2人ともラクショーで60歳以上。完全にボール！　敬遠球！

「どうする？　せーへんならおばちゃんら帰るけど」

この強引なノリ、さすがは大阪のオババだ。こうなりゃ敬遠球でも振るしかないか。

むりやり発奮してホテルへ入ると、2人はまるで作業のように脱ぎだした。

干からびたヒョウタンみたいな体をタオルで押さえながら岡ちゃんが言う。

「恥ずかしいから見んといてや」

何を言ってるんだ、このクソババアは。

3人で風呂へ向かう。岡ちゃんが自分のお股にシャワーヘッドをあてがい、念入りにゴシゴシ洗いはじめた。

「しっかり洗ってますね？」

「キレイにしたほうがいいやろ」

「まあ、そうですね」

「ちゃんと洗っとかんとな、オメコだけは」

えぇぇぇ！　出た出た出た、出ちゃったよ。それもすんごいナチュラルな普段使い。こんな相手に限って試合続行なんて、オメコの神様ひどいよ！

ならばとさらなる生オメコを求め、ベッドに寝転がって静かに目を閉じる。よし、集中集中！

「ほら、あんた先」

岡ちゃんの声がし、フェラが始まった。子分格のクシャが舐めてる。かなりうまい。変形したアゴは、フェラのし過ぎかな。

突然、岡ちゃんがオレの右手を取った。

「ニーちゃん、指貸してみ」

そのまま自分の股間に持っていき、ぜんぜん濡れてない穴に、指をずぶずぶ押し込んでいく。そしてギュッギュと力んで締めつけてきた。

「どや締まるやろ？」

なかなかヤルな、このオババ。ならば手マンでお返しだ。

「どうですか？」

「けっこう上手やな」

指を激しく動かす。

「あぁ～気持ちいい、気持ちいい」

「どこがいいんですか」

「オメコ、オメコ、オメコ！」

出ました、３連発！ でもぜんぜん興奮しないぞ！

「おばちゃん、もうヤバイわぁ」

そう言いながら、岡ちゃんがオレの顔にまたがってきた。

「ニーちゃん、オメコ見せてあげるわ」

「はぁ」

「目ぇ開けて、ちゃんとオメコ見て」

うっすらとまぶたを開けた瞬間、目の前に異様に真っ黒いビラビラが！ うわぁぁぁ！

「どう？ 子供２人産んだオメコやでぇ」

オエ〜〜〜。それ以上、近寄るな！

「ほら、オメコ舐めてもいいで」

もう聞きたくないって！


オメコの旅はこうして終わった。いったいオレは何に期待してたんだろう。

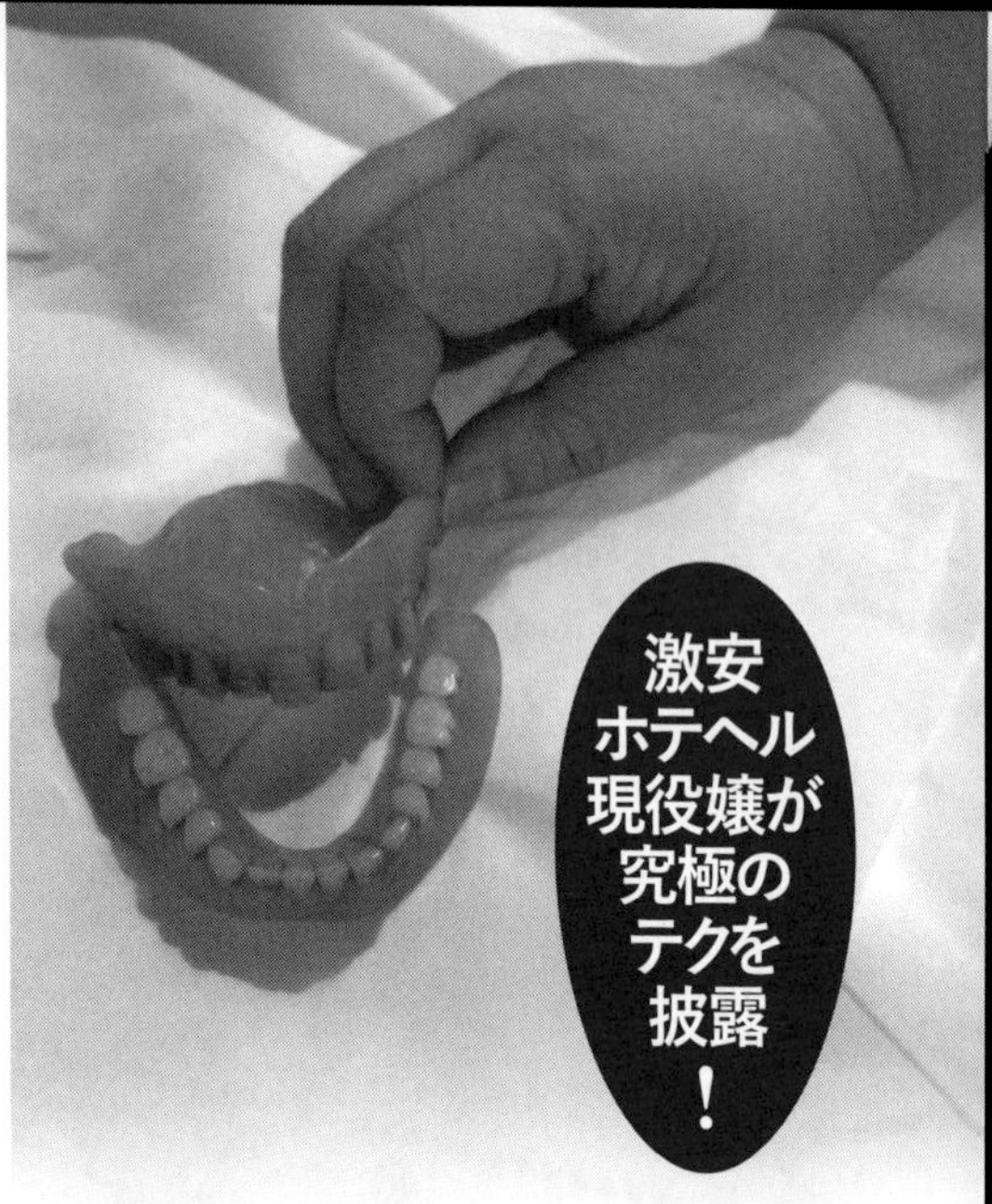

激安ホテヘル現役嬢が究極のテクを披露！

歯の無いフェラをたっぷり味わう

月刊『裏モノJAPAN』2017年9月号掲載

7月の昼下がり。フェラ特集の打ち合わせ会議の席で、他の部員たちの話をボーッと聞いていた。

「女の歯がなかったら、気持ちよさそうじゃね？」

「そういう話って昔からあるけど、どうなんだろうね。口がオナホ状態ってことでしょ？」

「まあ気持ちいいわな。もし歯無し女がいたら、ぜったい口説いてセフレにするわ」

あいかわらず下品な連中だ。女性団体に聞かれたら、会社を襲撃されるだろう。

とはいえ、たしかに歯無しフェラってどんな感じなんだろう。手元のスマホで、何の気なくキーワード検索してみる。

えっ!?　都内の有名激安ホテヘル『X』のホームページの、現役風俗嬢がヒットした。Qさん、51歳。写真はパッと見、どこにでもいそうなデブ熟女で、目にモザイクはかかっているが、ニカっと開かれたその口には、歯が1本もないではないか！

マジか！　普通はまだ歯を失う年齢ではない。何モンなのか知らんが、指名すれば歯無しフェラを味わわせてくれるってか？

いっちょ、予約してみよう。

男の希望を叶えたってことかな

夕方6時。『X』の派遣エリアのラブホに入った。先ほど店には電話をかけ、部屋番号を伝えたので、まもなくQさんがやってくるだろう。

それにしても、一昨日、予約電話をしたときにスタッフから聞いた混雑状況――。

「あいにく明日の金曜はすでに予約が埋まっておりまして。あさっての土曜日も、夕方までは他のお客様の予約が入っている状況でして」

――やはり、歯無しフェラを求めて客が殺到しているのかも。

まもなく、到着を告げるインターホンが鳴った。さあ緊張のご対面である。

ドアを開けると、写真の印象よりもだいぶパンチの効いた風貌のオバさんが立っていた。これがQさんか。

「どうも、失礼しまーす」

年齢はまぁ50代前半って感じだろう。ぎょろっとした目、太い眉、だるまみたいな頭。青空球児好児のゲロゲーロのオッさんのようだ。…ん？　歯が見えるが、入れ歯かな？

彼女がニヤニヤしながらこちらを見てきた。

「罰ゲーム？」

「えっ？」

「友達から言われたとか？　指名してみろよって」

そういうふうに指名されることが多いのだろうか。あるいは自虐ギャグ？

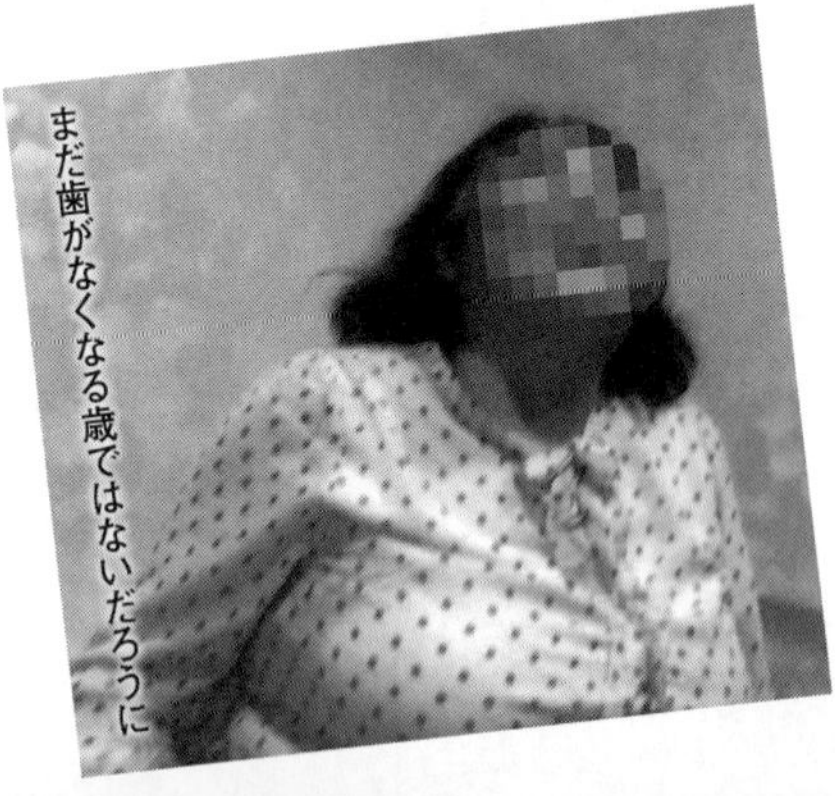

「いや、ぼくはそういうのじゃないんですが」

「そうなの？　それはごめんなさーい。お茶あげまーす」

カバンからペットボトルのお茶を取り出し、こちらによこしてくる。なかなか愛嬌があるオバハンですな。

では、最初に肝心のことを確認しとこう。

「実はぼく、今日はQさんの歯が気になって来まして。ホームページの写真を見たんですけど、歯が1本もないんですよね？」

「ないよー。今は入れ歯がくっついてるけど、ピっとやったら外れるんで」

マジで歯無しなんだ！

「じゃあその、フェラをするときは、外してやってもらったりできます？」

「もちろん。そのほうが気持ちよくさせられるんで」

頼まれるまでもないという口ぶりである。スゴイ風俗嬢がいたもんだ。

「ところで、総入れ歯になってどれくらいなんですか？」

「11年くらい」

逆算すると、40歳くらいで歯無しになったってわけか…。理由は何だろう。虫歯で全部ダメになっちゃったとか、あるいは事故とか？

「ちなみに、なんで歯をなくしちゃったんです？」

「…それはまぁ、そのころ付き合ってた男の希望を叶えたってことかな」

希望だと!? つまりそれって…。フェラのために歯を全部抜いたのかよ！

歯が無かったらいいなーって

衝撃すぎる理由に、頭の中はクエスチョンマークだらけだ。これを解決しておかないと、とてもじゃないがエロい気分になれない。

幸い、今回はたっぷり歯無しフェラを愉しもうと100分コースを選んでいる。先に代金（1万円）を払い、もらったお茶のペットボトルを開けた。

「Qさんって、そもそもどういう人なんです？」

「まー、簡単に言えば、アブノーマル。だけど、昔からってわけじゃなくて」

すべてのきっかけは、今から15年以上前だという。当時のQさんは30代半ば、専業主婦をしており、どこか刺激のない日々の生活に悶々としていた時期だった。

ある日、レディコミのSMプレイ体験談が目に留まった。縛られたり叩かれたり。なぜかわからないけど、自分もやってみたくなってネットで調べ、SM愛好家がパートナー探しに集うサイトにたどり着く。

まもなく、そこでつながった川崎在住の年上の男の〝M女〟になり、尽くしの精神をイチから叩きこまれる。例えば、ホテルに入ればまずは三つ指をつき、本日はご調教、よろしくお願いします、と挨拶しなければいけない。

「フェラのやり方もすっごく指導された。イカせるフェラと気持ちよくさせるフェラは違うから、とか。手は絶対に使うな、とか」

「大変じゃなかったですか？」

「でも、こっちは大変と思ってやってないから」

そう思うように調教されたってことなんでしょうな。

こうしてM女になった彼女は、川崎男と別れた後、またぞろサイトでパートナーを探す。そして新たに1人の男と出会う。

「当時、私は30代後半くらいだったかな。その人は2コ下で、築地で働いてて。専用の車、なんて名前だったたっけな？」

「ターレーですか？」

「そう、それに乗ってた」

この出会いと前後して、彼女は家庭が破たんし、離婚。生活の中心が築地男に移り、調教の世界にいよいよハマっていく。

縛り、ローソク、ムチ打ち、噛みつき。果ては大陰唇へのピアスまで。そんな行為の写真を撮影し、他の変態カップルと見せ合ったりも。

そして、そんな変態遊びをリードする築地男は、イラマチオが好きだった。しかし、人間は誰もがみな、棒状のモノを喉の奥にまで突っ込まれると、アゴの構造でどうしても口が閉じてしまう。つまり、イラマチオで歯がチンコに当たるのは仕方ないのだが…。

「あるとき、その築地の人のをくわえてたら、ボソっと言ったの。歯が無かったらいいなーって」

魚河岸、鬼畜すぎだなぁ…。

「もちろん、一応ちょっと考えたんだけど、抜いたほうがいいなら、抜こうかなと」

思うなよ！　勘弁してくれよ！

1回に2本ずつ抜いていく

何とも薄気味悪い話になってきた。当時、Qさんは40歳、健康な歯が20本以上はあったそうだ。いったいどうやって抜いたんだ？　自分でペンチで抜いたのか？

「抜くのはやっぱり、歯医者じゃないと無理と思ったから、やってくれるところを探すことにして」

目星をつけた歯医者に出かけていき、「歯を全部、抜きたいんですけど」と伝えた。さすがにイラマチオの話は伏せておいたが…。

1軒目では「何を考えてんだ！」と怒鳴られる。2軒目でも「うちは悪い歯を治す場所だ、ふざけないでくれ！」と追い返される。3軒目も4軒目5軒目もダメだった。

「でも、6軒目に行ったところが、引き受けてくれた。うちでやったってことを絶対に口外しないって約束するなら、歯を抜いてあげるって」

スゴイ歯医者もあったもんだな。医者も薄々はフェラのためだろうと勘付いてたと思うのに。

「で、築地の人に、歯医者見つかったよーって伝えた。そしたら相手はかなりクールだった。そうなんだー、ってニヤニヤ笑うだけだったし」

つくづく不気味な魚河岸ですな。

歯は、アゴへのダメージを考慮し、1回に2本ずつ抜いていく。とは言え、あちこち痛くてちゃんとモノを食べられず、食事は栄養ドリンクやカロリーメイトばかりになり、体が痩せてもいく。いったいどんな気分だったんだろう。

「別に、怖さとかはなかったよー。そのころ、仕事がスーパーの早朝の清掃スタッフで、マスクつけてできる仕事だったから、バレることもなかったし」

かくして歯を抜き終わるのに5カ月、そこから歯茎が落ち着いて、入れ歯が出来上がるまでに4カ月。9カ月後、イラマチオ用の歯無し口が完成する。

ちなみに料金は、本来は言うまでもなく10割負担になる医療処置だが、歯医者が取り計らってくれて保険を適用してくれた。

「で、築地の人には満足してもらえたんです？」

「そりゃあまぁ。でも、感動みたいなのはなくて、割とあっさりしてた」

そんなテンションなんだ。ケーキとか買って大喜びされたりしても怖いけど。

「その後いろいろあって、その人とも別れたんだけどね」

「えっ、そうなんですか!?　歯まで抜いたのに？」

…これ、悔やんで自殺したくなるパターンじゃね？

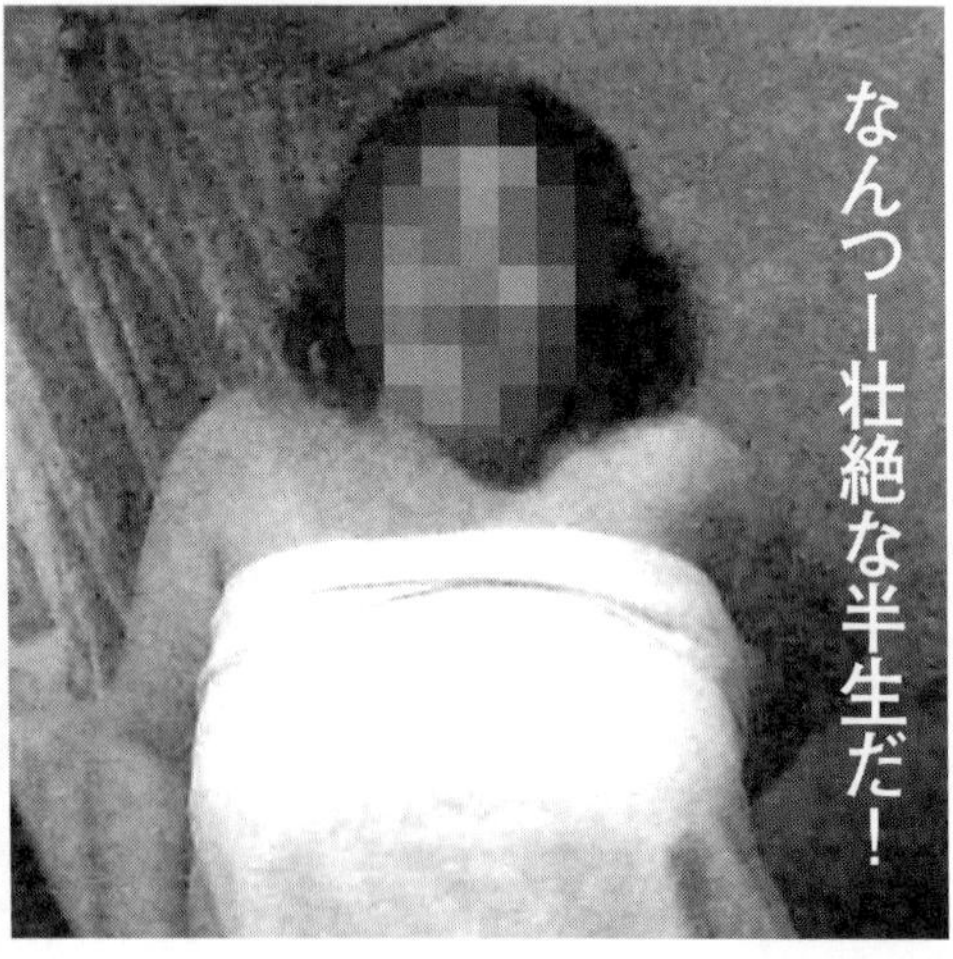

「でも、結局やったのは自分の意志だし。その後、また別のアブノーマルの人と付き合って愉しんだりもしたし、別に後悔とかはないかなー。こういう夜の仕事にも活かせてるし」

どんだけ前向きなんだよ…。

年に2回、長崎の島からくるリピーター

ふと腕時計を見ると、しゃべり始めて60分以上が経過していた。そろそろプレイに入ったほうがいい時間だが、Qさんの話があまりにヘビーだったので、何だかそういう気分にならない。

「そう言えば、風俗はいつから始めたんです?」

「6年前」

歯がなくなってからだ。やっぱ自分の武器を活かそうってのがキッカケだったのかな?

「このお店に入ったんだけど、最初は歯がないことを隠してたよー」

「そうなんですか?」

「なんとなく恥ずかしくて。スタッフにも、お客さんにも」

プレイ中は、部屋の電気をなるべく暗くし、こっそり入れ歯を外してフェラをし、そしてまた装着するという芸当をやっていたらしい。

「客に気づかれたことは？」

「ない。何かスゴイと言われたりはしてたけど」

そりゃあ歯無しフェラなんだもんな。でも、客もまさか歯が無いとは思わないんだろうな。

「だけど、お店に入って2カ月くらいして、新人じゃなくなってきたらだんだん指名が入らなくなってきて」

何かでアピールしなればと考えたとき、恥ずかしがってる場合じゃないと思ったそうだ。

「だから、店長のところへ行って、目の前で入れ歯をピコって取って、告白した」

すると店長は、何でそんな面白いことすぐ言わないんだ！　今すぐ口の写真を撮ってホームページに載せるぞー！　とゲラゲラ笑いながら怒ったという。

「かなり宣伝効果があったと思うんですけど。お客さん来るようになったでしょ？」

「とりあえずは」

いやいや、謙遜だろう。昨日も今日も予約が殺到してるわけだし。

「でも、地方からお客さんが来てくれたりはする。今日もセントウさんの前の人は、年に2回、長崎の島からくるリピーターさんだったんで」

マジか！　そんな場所から来るのかよ！　見た目ゲロゲーロのこんなオバサンに会いに！

つまり、さほどに歯無しフェラが極上ってことか。どれほどのもんなのか？　だんだんエロテンションが上がってきたぞ！

スライムのような感触と言おうか

話がひと段落したところで、お茶のペットボトルを一気に飲み干した。

「よし、じゃあ、ぼちぼちお願いしていいですか？」

「そうだよね」

Qさんが服を脱いでいく。おっと、すげー腹、すげー尻…。

恐ろしいほど見事なドラム缶ボディだが、そんなことは最初からわかっている。目的は歯無しフェラなんだから。

こちらも裸になり、一緒にさっとシャワーを浴びて、ベッドに仰向けに寝転がる。Qさんがすり寄ってきた。

ちょっとたんま。この見た目で覆いかぶさってこられるのはちとキツイ。最初に希望を伝えておこう。

「ぼくは今日、とにかくフェラをじっくり味わいたいんで。プレイはフェラだけでお願いしたいんですが…」

そうだ、せっかくだし、まずは入れ歯有りのフェラも味わって比較してみっか。

「まずは、外さない状態でやってみてもらって、そのあと歯無しバージョンでやってもらえませんか？」

「わかったー」

Qさんの頭がチンコのほうへ向かっていく。手は添えず、シーツに置いたままで。サオをパクっとくわえるかと思いきや、まずは玉袋を唇でパクパクとやり始めた。

「そこからいくんですね？」

「上からやるのは、誰でもやること。下からいったほうが元気になりやすい」

マジだった。チンコがぐんぐん持ち上がってくる。目の前にある頭は生え際が白髪だらけだというのに。不覚にも、もう最高なんだけど。

完全に勃起したところで、パクっとくわえられた。手はいっさい使わずに、ゆっくりと頭の上下が始まる。

何だこの心地よさは…。スピード？　唇のすぼませ具合？　共に絶妙なんだが、何より舌の感触が…。

「舌がヤバイですね」

「あー、そうらしい。お客さんには、柔らかいってよく言われるんだけど」

そのとおりである。スライムのような感触と言おうか。おそらくやこの舌も、川崎男や魚河岸との調教の日々の中で身につけたものなんでしょうな。

「これ、歯があるとまず無理だから」

「そろそろ時間もあれだし。ちょっと待ってね」

Qさんが頭をすっと上げた。ついに外すようだ！

入れ歯付きの、言わば準備運動フェラでも、相当だということがわかった。本気の力はどれほどのレベルなのか。

口に手を突っ込み、上の歯に指をかける。続けて下の歯にも。上下の入れ歯が外れた（282ページ写真）。

「そんなふうにやるんですね」

「そうそう」

「口の中って、どんな感じなんです？」

口を大きく開いてもらって中をのぞきこんでみる。当たり前だが、歯茎しかない！

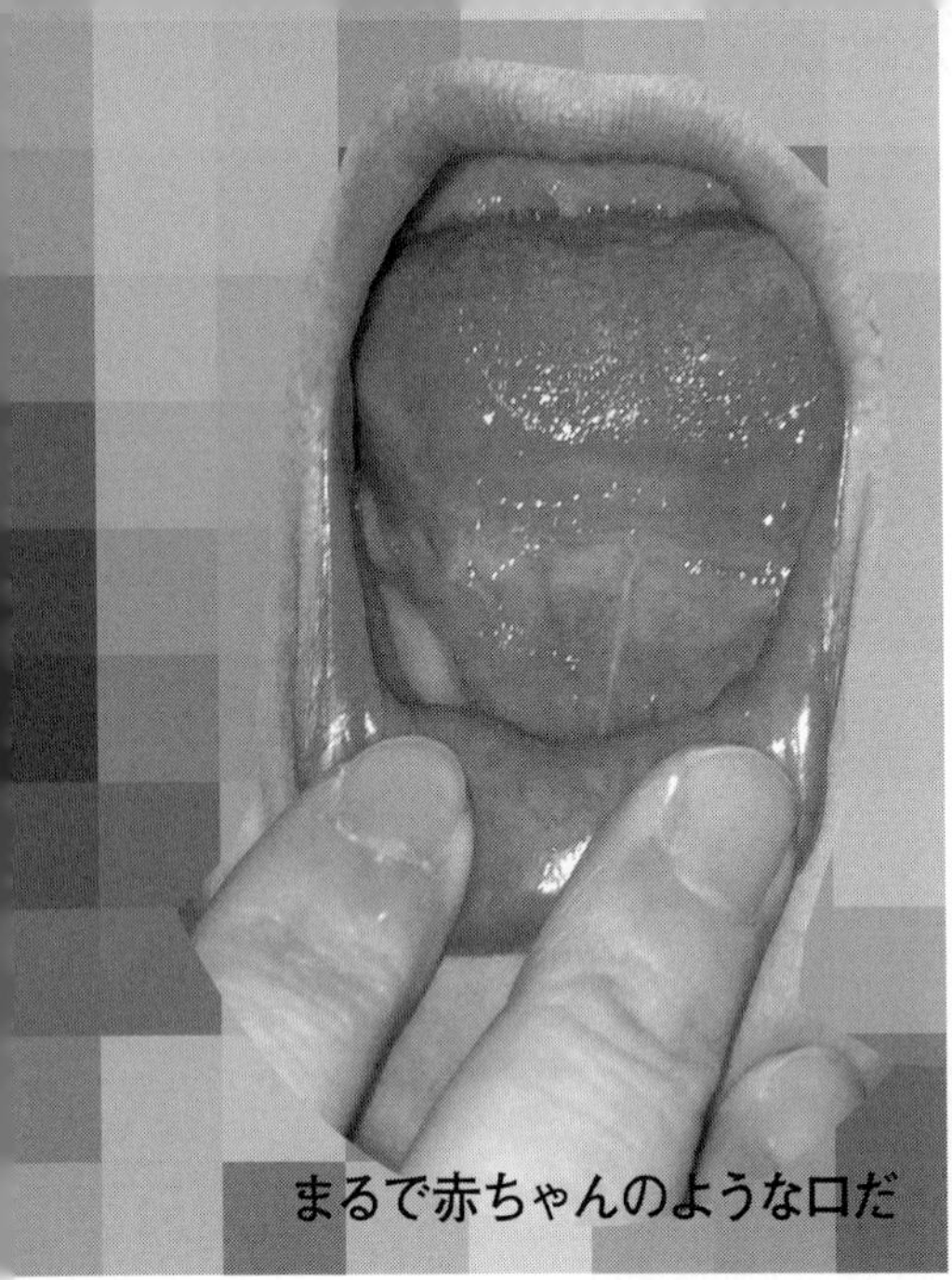
まるで赤ちゃんのような口だ

こうやってマジマジ見ると、フェラのためにこんな口にしたってことに改めて驚愕だ。
再び寝転がると、Qさんが玉袋のパクパクから始めた。さっきのやつかな？
感触がビミョーに違う。歯茎で噛んでるんだ。心地いいなこれ。
そのまま太ももの付け根やアリの門渡りまでパクパクとやり、竿のほうへ上がっていく。そしてパクっとくわえられた。亀頭に奇妙な感触が。今度は何だ？

「どこに当ててるんですか？」

「上あご」

ぐりぐり当てたあとは、続けて下あごへ。さらに頬っぺたのほうへ。亀頭攻めだ。

Qさんが頭を上げてニヤリと笑った。

「これ、手を使わずにやるには、歯があるとまず無理だから」

ゲロゲーロ顔は見たくなかったが、解説ありがとうございます。スゴイっすなぁ。

再び頭が下がっていくと、竿のストロークになった。歯茎で圧をかけながら、ゆっくり上下させる。

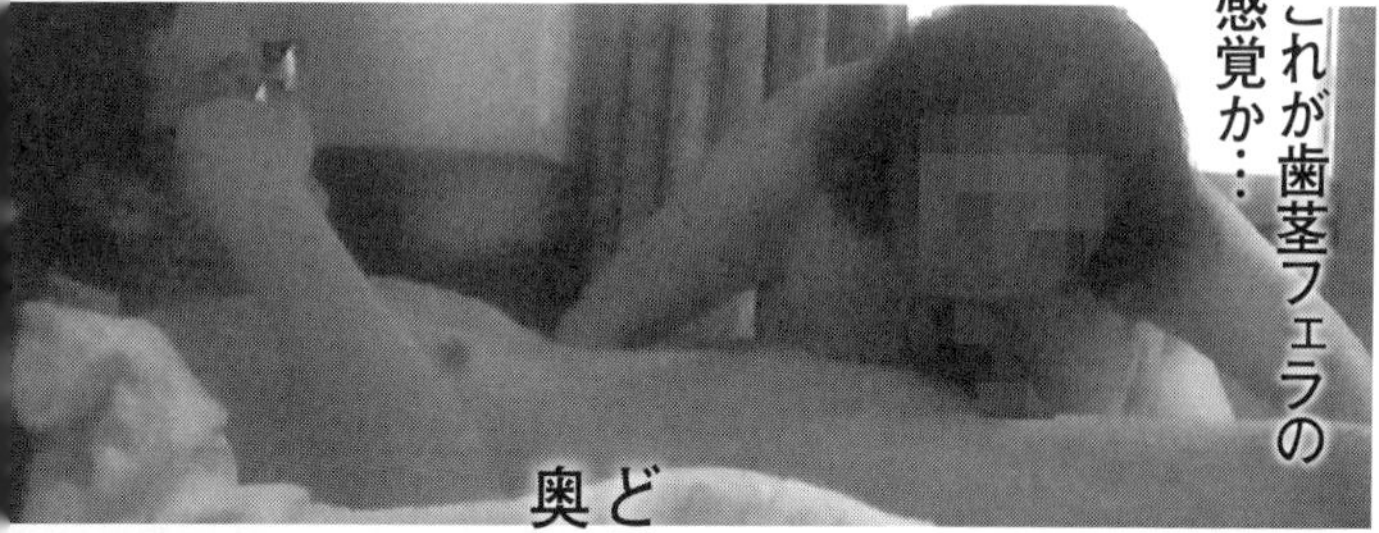
これが歯茎フェラの
感覚か…

どこまでも
奥に入るイラマ！

快感の波が押し寄せてきた。しかし荒い波ではなく、おだやかな波。いつまでも味わっていられるような心地よさだ。何でこんなビミョーな調整ができるのだろう。

ただ、プレイ時間はさほど残っていないはずだ。そろそろフィニッシュに向かわせてもらおう。

最後はもちろんイラマチオだ。Qさんの頭を持ち、チンコにぐいっと押し付ける。

おっと、けっこう奥深く入ってしまったぞ。でも、彼女は気にせずに押し付けてくる。

まもなくして、大きな波が襲ってきた。出る！

絶妙なタイミングで、彼女が頭をすっと上げ、口の中ですべての精液を受け止めた。

放心状態が終わって、いろんな質問が浮かんできた。さきほどのビミョーな調整といい、どんなテクニックを使ったのか？

「どんなことをやってたんですか？」

「サオの反応で、どのくらいが気持ちいいか探ってたよ。ピクってなるしね。これもやっぱり、歯茎だからわかりやすい」

「へえ」

「唾液も考えた。この人はサラサラの唾液がすきなのか、粘っこい唾液が好きなのか？」

「出し分けられるんですか？」

「粘っこいのがいい場合は、喉のおくに当て続ける。粘っこいのが出るから」

なんちゅう細かい芸当だ。

「とにかく、相手が気持ちよくなるってことを考えることだね。自分が苦しいとかつらいとか、そういうことは考えてないから」

あっぱれと言うしかない。こりゃ、長崎の離島から通う男がいるわけだ。

マー君、義憤に駆られる

ネットでひどいあだ名を付けられている立ちんぼに、その旨を教えてあげる

月刊『裏モノJAPAN』2013年11月号掲載

2ちゃんねるなどのネット掲示板には、立ちんぼ女の出没情報があだ名と共によく書き込まれている。

「しゃくれオニヤンマが今日も立ってました」

「女フランケン目撃。噴水のそばにいた」

ヒドイもんだ。そんなヘンなあだ名を付けられちゃ、彼女らも可哀想じゃないか。それも自分のあずかり知らぬところで。

こーゆーことはちゃんと本人に教えてあげるべきでしょう。

カイジ「似てるんだからいいわよ」

一人目のあだ名は「カイジ」。福本伸行の名作漫画のキャラだ。女性に向かってなんてひどいニックネームを付けるんだ！

夜、出没地とされる上野・不忍池の立ちんぼスポットに、細長くてインパクトのあるしゃくれ顔の女性が立っていた。あれか。●＝仙頭　○＝立ちんぼ

●あのぉ、すみません？
○ふふふっ。
●遊べる方ですよね？
○遊びたいの？
●いや、なんていうか…。ネットにこのへんのことが書いてあって。
○インターネット？
●そうそう。ご存じです？
○私は見たことないけど。お客さんがそんなこと言ってたかしら。

●この人たちにあだ名とか付けられてますよ。そういう話は聞いてます?

○あだ名あるの?

●こんなこと言うの失礼なんですけど、おねーさんのも書いてましたよ。

○教えてよ。

●カイジです(持参したマンガ本を取り出す)。

○ちょっと見せて(表紙をじーっと眺める)。

●どうですか?

○似てるわね。

●えっ?

○(ページをめくっていく)

●……。

○おもしろいわね、これ。

●そうですか…。

○うふふっ。
●…失礼なあだ名ですよね。
○いいよ、このあだ名で。
●いいんですか？
○まあ仕方ないわね。
●ホントにいいんですか？
○似てるんだからいいわよ。
●でもこれ男キャラだし。
○カ・イ・ジ。いいんじゃない。
●……一つ確認なんですけど、女性の方なんですよね？
○オカマに見える？
●いえ、そういうわけじゃ…。

かなり失礼なあだ名だと思ったのだが、本人は全然ＯＫだった。似てると認めてるし。これからは堂々と呼びかけてもいいでしょう。

カイジ

似てるとしか言いようがない

めがねブス 「(新しいあだ名は)原日出子さんとかはどう?」

不忍池のほとりに、歳は四十代くらい、小太り、肉マンみたいにむくんだ丸顔、ブタっ鼻に掛けためがね——という特徴の立ちんぼがいて、彼女には「めがねブス」というあだ名がついている。ヒドイもんだ。

すぐに本人がわかったので、まっすぐ突撃。

●こんばんは。
○あ、どうも~。
●ぼく、ここの噂を聞いてやってきたんですけど。
○そうなの?
●おねーさんって、あだ名が付いてる人ですよね?
○そんな噂あるの? 私、何て言われてるの?
●かなり失礼な感じですけどいいですか?
○いいわよ。
●…めがねブス。

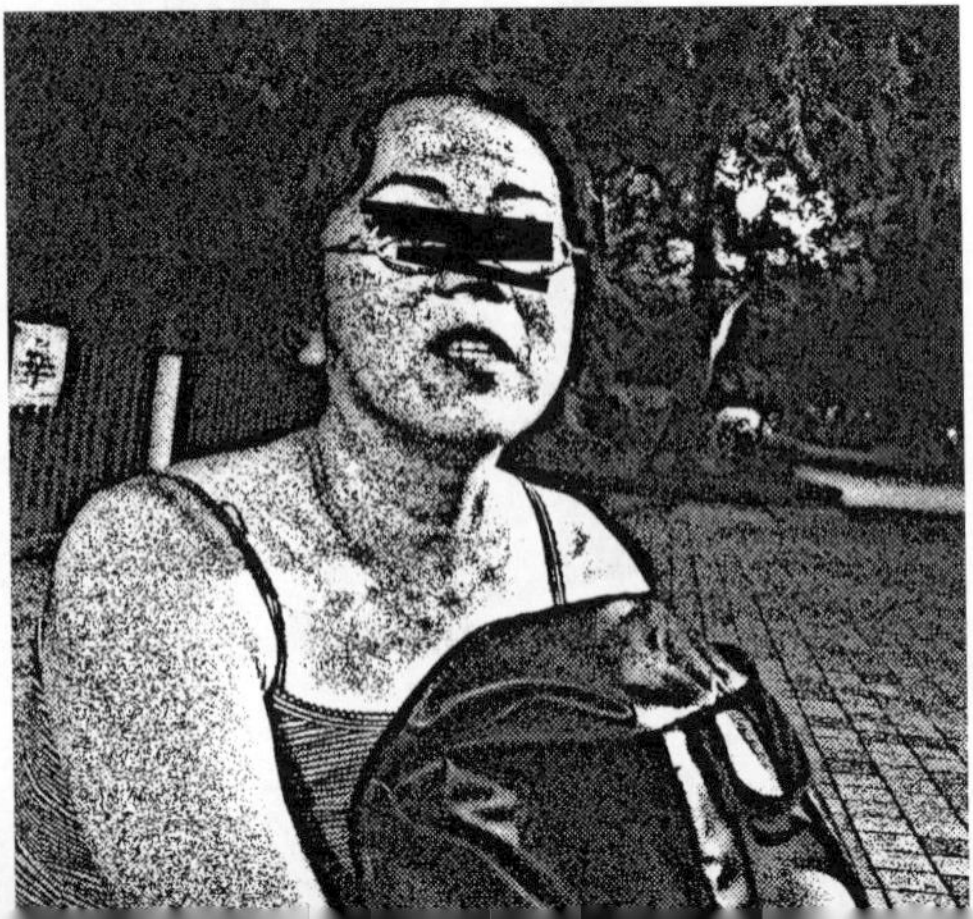

○どこで言われてんの？

●ネットです。

○ふーん、ネット！　今はそういうのあるんだ。怖いわね～、ホント怖いわ～。どんなこと書いてあった？

●最近髪を切ったとか。

○私、髪切ったわ。

●カバンはリュックって書いてました。

○間違いなく私だわ。このへんでリュックって私しかいないし。

●そう言えば、2千円でフェラしてもらえたみたいな報告もありましたよ。

○2千円ねえ～。それ書いた人は誰だかわかったわ。私、若い人じゃないと2千円にはしないんで。最近2千円にしたのは一人しかいないんで。ホント怖いわね～。

●…ヘンな話しちゃって何かすみません。

○いや大丈夫よ。

●実はさっき、別の方とも同じ話したんですよ（カイジの容姿を伝える）。

○あー、あのおねーさん？　何て呼ばれてるの？

●カイジです（本を見せる）。

○似てるわねぇ。
●本人もそう言って、あだ名はこのままでいいって言ってました。
○ははは っ。
●でも、おねーさんはさすがにこのままってわけじゃ、キツイでしょ？　希望のあだ名とかありますか？
○希望？
●何かあるでしょ？
○うーん、杉本彩さんとか。
●……さすがにそれは。
○言い過ぎました。ごめんなさい。原日出子さんとかはどう？　郵貯の宣伝に出てるあのオバサン。私と体型も近いし似てるでしょ？
●…いいと思いますよ。

めがねブス

原日出子さんがおまけしてくれたのでしゃぶってもらいました

○じゃあ、おにいさんね……。
●何でしょう。
○せっかくだし、遊んでいってくれない? 千円にしてあげるんで。
●え……。(そこまで言われてはさすがに断りづらく、結局、公衆便所でゴム付きフェラをしてもらった)。

みなさん、わかりましたか。ブスなんて呼んじゃいけませんよ。これからは原日出子さんです。

せむし男「(背中は)お湯をかけてやるとサーと平(ら)になるのよ」

浅草には半分ホームレスみたいな売春婦バアさんが多い。せむし男なんてあだ名を付けられたのはどの人だろう……ん、あの背中が曲がった金髪バアさんか?

●となり座っていいですか?
○ふふっ。あんた外国人?
●いやいや日本人ですよ。

○ふふふっ。
●遊べる人ですよね、おねーさん。
○まあ、そうそう。
●このへんに遊べる人がいるってネットに書いてあったんでやってきたんですけど。
○このへんは面白くないよ。婆さんばっか。若いコがいるとすればその土手の上にでっかいビルがあるから、そこのクラブ。でも、飲み代とオマンコ代で4万5万だ。
●そうなんですか…。でも今日は自分、おねーさんに会いに来たんで。ネットにおねーさんのことも書いてあったし。
○書いてないよそんなの。
●書いてるんですって。おねーさん、背中の具合が悪そうじゃない

ですか。だから「せむし男」ってあだ名がついてて。
○ひゃははは〜。
●せむし男がどんなのかご存じですよね？（せむし男のイラストを渡す）。
○うわっ、何それ。そんなのくれなくてもいわよ。おめーみたいに男前の男だったらいいけど、そんなマントヒヒみたいなもんもらってもしょうがないよ。
●…いやいや冗談はおいといて、こんな怪物呼ばわりなんて失礼ですよね。おねーさんだって好きで背中そうなってるんじゃないだろうし。
○そうなのよ。
●背中つらそうですよね。
○これはさ、皮膚と皮膚の間にビニールが入ってるからこうなってるわけ。
●手術でもしたんですか？
○知らないうちにそうなったのよ。肉のかたまりがあるわけじゃなく、皮膚がスライスしていて、その間にビニールが入ってる感じがするのよ。
●はぁ…。
○ビニールっていうのは乾燥すると固くなるでしょ？　だから背中が固まってせむし男

せむし男

そもそも“男”ってあだ名はオカシイだろう。せめてせむし女と呼ぶべきみたいに見えるけど、お湯をかけてやるとサーと平らになるのよ。
●……話がちょっとわからないですが。
○でも、お湯をかけてやるとビニールがスーーッとなるのよ。
●何か話が通じないなぁ。じゃあ希望のあだ名はありませんか？
○掃除機はどう。
●掃除機？
○掃除機はどこにでもついてるわけよ。背中にもついてる。第一勧業銀行にもくっついていて。そこにお湯をかけると、木箱があって、そこにお金が入ってるって案配だ。
●自分、そろそろ帰りますわ。

途中から何を話してるのかさっぱりわからなくなった。掃除機？　ご希望ならそう呼ばせてもらいますけど。

インディアン婆さん「（新しいあだ名は）じゃあ、桜にして」

浅草には、インディアン婆さんと呼ばれる立ちんぼもいる。さてどの人か。あそこに座ってる、頬骨の出た日焼けバアさんだろうな。って、わかってしまうオレもどうかと思うが。

●隣いいですか？

○いいよ。

●あの、遊べる方ですよね？

○ほほほほほっ。

●ネットにこのバス停にその手の方がいるって書いてあったんで。

○寝るところがないんで、ここで寝てるのよ。

●おねーさんのこと、ネットであだ名もついてましたよ。「インディアン婆さん」って。

○ふふふふっ。

●（プリントアウトを見せる）。こんなのに似てるっていうのもアレですよね。

○……（じーと見つめる）。

インディアン婆さん
しかしまあ、いったいどういう男が
買うんでしょうか

●……。
○この人はアサジさんね。
●はいっ？
○昔の人でしょ？
●それはそうですけど…。
○この方は〝ヤマゾク〟の人。ヤマゾクの人たちは前はこんな顔をしていたんだけど、今は面長になっている。
●ちょっとすみません、意味がわからないんですが…。
○この人はアサジさんなのよ。
●はい。
○わたしはアサコ、インディアンじゃない。はーっははは。
●……おねーさんがインディアンに似てるっていうあだ名がついてるのはいいんです？
○何でもいいよ。
●いいんですか？
○いいよ。
●でもインディアンってのはさすがにちょっとアレだし。

○じゃあ、桜にして。私はいつもこのへんにいるし、このへんの公園は桜が咲くから。サクラサクラって歌も好きだから。桜がいいわ。

アサジさんのあたりでまたワケがわからなくなったが、最後はキレイにまとまった。インディアン婆さんじゃなくて、桜さん。かなり上品な街娼に様変わりだ。

憂歌団キムラ「こんなところにいるからって学がないと思ってんの？」

憂歌団キムラ。言わずと知れたブルースバンドボーカルのあだ名がついた立ちんぼが上野にいる。

上野公園の噴水広場に、ハンチング帽をかぶった熟女がいた。彼女で間違いないだろう。

●さっきからずっと座っていますよね？
○あ、どうも。
●遊べる人ですよね？
○うん。
●いや、何と言うかぼくは、ネットに書いてあったおねーさんの噂を見てきたんだけど。

○ネットね（急激にうんざり）。

●あれ？

○……。

●何か気に障ること言いました？

○2ちゃんねるとか見てひやかしにくる人がたまにいるんで。そういうのでしょ？

●冷やかしではないんです。

○ふーん。

憂歌団キムラ

このハンチング帽、本人も木村を意識してるのかと思いきや……

●おねーさんは、ネットに自分のことが書き込まれてることを知ってるんですか？
○そりゃあ知ってるわよ。私も風俗業界にいるわけだから、いろいろ書かれてることくらい知ってるわよ。
●…何かすみません。いきなりヘンな空気になっちゃって。
○まあいいんだけど。
●一つだけ質問していいですか？
○何？
●おねーさん、自分にあだ名が付いてること知ってます？「憂歌団キムラ」なんですけど。
○ああそうなの。
●一応、写真を持ってきたんですけど（プリントアウトの写真を出す）。
○あんたさ、こんなもん見せにきたの？
●ご存じなかったらと思って……。
○知ってるわよ、憂歌団くらい。こんなところにいるからって学がないと思ってんの？
●そんな別に……。
○だいたい憂歌団ってスゲー昔じゃん。
●いや、あだ名自体はぼくがつけたわけじゃないんで。ネットに書いてあっただけなんで。

○ネットばっかやってる人は、ほんとコミュニケーションがなってないわね。だいたい、あんたいくつ？　もちろん私より下よね？

●34です。

○ちょっとしか変わらないけどさ、私のほうが上ですから！　こっちは体育会系で生きてきてる。年下が年上に生意気とか許さないから。

●……。

○年功序列とかそういうのも大事にしてんの！

怒られてしまった。オレが名付けたわけじゃないのにさ。

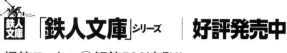

鉄人文庫

怪しい現場
潜入したらこうなった

2018年9月21日　第1刷発行
2024年6月28日　第2刷発行

著　者　　仙頭正教
発行人　　尾形誠規
編集人　　平林和史
発行所　　株式会社 鉄人社
〒162-0801 東京都新宿区山吹町332 オフィス87ビル3F
TEL 03-3528-9801　FAX 03-3528-9802
http://tetsujinsya.co.jp

デザイン　　細工場（鈴木 恵）
印刷・製本　　株式会社シナノ

ISBN978-4-86537-139-0　C0176　

本書へのご意見、お問い合わせは直接、小社までお寄せくださるようお願いします。